KB204494

스페인 연극

Une pièce espagnole

UNE PIECE ESPAGNOLE
by Yasmina Reza

야스미나
레자의
희곡

스페인 연극
Une pièce espagnole

야스미나 레자

백선희 옮김

mu**ſ**intree
뮤진트리

뤽에게

무대장치에 대해 특별한 언급은 없다.

꼭 필요한 침묵과 사이도 텍스트에 (거의) 지시되어 있지 않다.

스페인 연극과 배우들의 방백은 단절 없이 이어져야 한다. 연기는
음악에서처럼 '레가토'로 이루어져야 한다.

등장 순서에 따라:

페르낭   55세~60세 사이.

필라르   60세~65세 사이.

누리아   필라르의 딸, 40세가량.

오렐리아   필라르의 딸, 40세~45세 사이.

마리아노   오렐리아의 남편, 50세.

1. 가상 인터뷰

배우(페르낭 배역의)

배우들은 겁쟁이들입니다.

배우들은 용기가 없어요.

제가 누구보다 그렇지요.

보통의 세계에서 사람들의 장점이 되는 것이 배우에겐 이점이 못 되죠.

배우는 평생 암컷처럼 행동하며, 갈망의 대상이 되고, 마음에 들길 바라지요.

누군가 우리 아버지에게 쟤는 배우가 되고 싶어해요, 라고 말했을 때 아버지는 아 그래, 호모가 되고 싶은가 보지, 라고 대답했죠.

배우들은 유명 인사가 되었어요. 이민 문제라든가 유전자변형 식품에 관한 의견을 그들에게 묻곤 하죠.

배우들은 유명인이어서 찬사도 받고 존경도 받지요. 우리가 이 세계에 뛰어들었을 때만 해도 배우는 가족들에게 추락을 의미했죠.

여배우들은 창녀들이었어요. 진짜 매춘부였고, 장관의 첩이 되었고, 이 침대 저 침대로 옮겨 다녔지요.

그 여자들은 부르주아가 되었어요.

개중에는 가톨릭 신자들도 있죠. 백 년 전에는 교회에서 내쫓기던 신세였는데, 그래도 원한을 품고 있지는 않아요.

요즘 나는 올모 파네로의 스페인 연극을 연습하고 있어요. 홀아비 건물 관리인 역을 맡았는데, 배우인 두 딸을 둔 연상의 여자와 사귀기 시작한 인물이지요.

선량하고 지루한 남자예요.

연기력이 요구되는 역할이죠.

현실의 삶에서 나는 선량하지도 지루하지도 않다고 자부합니다.

현실의 삶이라는 게 정확히 뭔지 말할 수는 없지만 말이죠. 우리는 한 인물과 그 인물의 주변을 떠나게 될 때, 현실의 장소를 떠날 때보다 더 우수에 젖게 됩니다.

현실의 삶은 느리고 공허해요.

이 작품에는 중요한 유혹 장면이 있는데, 그 장면에서는 나만 말해요.

내 상대는 말 한마디 하지 않고 거저먹죠. 입도 뻥긋하지 않는데 관객은 그 여자만 쳐다봅니다. 내가 그 장면을 은쟁반에 담아 그 여자에게 바치는 꼴이죠.

2. 스페인 연극

유혹 장면. 필라르의 집.
페르낭과 필라르.

페르낭   필라르, 어쩌면 당신도 말한 적 있는지 모르겠지만, 가장 흔히들 하는 말이 건물 관리인은 대체 뭘 하는 사람이야, 하는 게 아무것도 없잖아, 라는 거예요. 사람들은 우리가 너무 관리실에만 처박혀 있고 건물은 잘 살펴보지 않는다거나, 아니면 우리가 너무 건물에만 가 있어서 도무지 만날 수가 없다고 비난하죠 — 입주자들이 원하는 건 비서가 아니라고 말이에요. 불평은 갈수록 심해져요. 이건 주저 없이 말할 수 있는데, 소통 방식이 늘어난 게 오히려 소통을 죽이고 있기 때문이죠. 팩스며 이메일이 편지와 전화에 추가되었을 뿐인데요. 그 결과, 관리인은 도무지 응답을 안 하고, 절대 전화를 해오는 법이 없죠. 절대, 항상, 전혀, 이런 부사들을 사람들은 입에 달고 살지요. 문제는 아무도 우리에게 사람 관리하는 법은 가르쳐주지 않는다는 겁니다. 법을 지키게 하기도 어려운데, 사람을 관리하는 일은 어떻겠어요! 우리가 하는 일에는 두 가지 상반된 측면이 있어요. 상업적인 측면, 다시 말해 어쩔 수 없이 고객의 심리를 살펴야 하는 심리적인 측면이 있고, 어떤 역경이 닥쳐도 제 일을 해내야 하는 직업적인 측면이 있지요. 문학과 철학이라는 전혀 다른 세계에서 건너온 내가 보기에 문제는 이겁니다. 수익성과 생산성이라는 새로운 요구에 직면해서 문학과 철학의 유산을 나의

구체적인 활동과 어떻게 연결할 것이며, 어떻게 휴머니스트로 남느냐, 이게 문제죠. 사람들은 요구만 할 줄 알지, 자신의 권리도 의무도 알지 못해요. 필라르, 당신은 이해해줘야 해요. 이건 여담입니다만, 관리인은 재무 관리인의 직계 후손이고, 말하자면 오늘날의 바냐 아저씨들이죠. 관리인은 당신이 들으면 깜짝 놀랄 필수 기본 능력들을 갖추고 있을 뿐 아니라 교육자까지 되어야 한다는 걸 알아주셔야 합니다.

필라르 물론이죠.

페르낭 관리인이 꼭 갖춰야 할 기본 능력이 뭔지 아십니까?

필라르 아뇨.

페르낭 모르실 겁니다. 아무도 모르니까요. 필라르, 장담컨대 내 말을 들으면 깜짝 놀라실 겁니다. 관리인은 회계 능력(공동소유물 회계·임대차 회계·관리 회계·공급업체 회계)을 갖춰야 하고, 세법(부동산 세법), 사회법과 임금법(관리인·파출부·정원사), 재해 관리에 관한 보험법 등에 대한 법률적 지식까지

	갖춰야 하죠. 소송으로까지 확대되는 분쟁이 얼마
	나 많은지 당신은 짐작조차 못 하실 겁니다.
필라르	믿기 힘드네요.
페르낭	필라르, 고객은 우리가 기술적인 능력까지 갖추길
	바라지만 우리가 못 갖춘 그런 능력은 회사에서
	일하면서 터득하지요. 그러니 현장에 가는 게 아
	주 중요합니다. 그래서 나는 늘 말하죠. 훌륭한 관
	리인은 현장에서 만들어진다고요.
필라르	물론 그렇겠죠.
페르낭	나는 원래 열정적인 사람이지만, 조합 관리인 업무
	라는 게 이처럼 상반된 압박을 받는 일이어서 움
	직이지 않는 화살처럼 중도를 지키는 법을 터득하
	게 되었죠.
필라르	이해가 되네요.

3. 가상 대화

배우(필라르 배역의)

나는 답답한 걸 못 견뎌요, 터틀넥도 절대 못 입고, 목걸이도 못 걸어요, 프랑수아즈, 목걸이조차 못한다고요. 목에 아무것도 걸지를 못해요. 가슴에 뭘 걸치면 연기도 못하죠! 꼭 갑상선암에 걸린 것 같다고요. 필라르가 옴짝달싹 못 해서야 되겠냐고요, 프랑수아즈, 필라르는 매혹적인 여자예요, 주변의 온갖 여자들이 재잘거리며 아양을 떨어대는 잘생긴 홀아비를 유혹하는 여자죠, 혼자사는 남자가 어느 정도 나이가 들면 선택하기 힘들 정도로 여자들이 많이 꼬인다는 걸 잘 알잖아요. 내가 보기에, 프랑수아즈, 정신 나간 여자가 아니고서야 첫 만남에 이런 차림으로 나가진 않아요. 당신의 재능을 존중해서 솔직히 말하는 거예요. 당신이 이름난 무대의상가라는 걸 잘 아니까요. 이 빨간색 정장에는 눈을 질끈 감겠어요. 우리끼리 얘기지만 사실 이 옷도 마음에 들진 않아요. 당신이 그저 필라르가 스페인 여자라는 이유로 빨간색으로 입혔다는 생각을 지울 수가 없네요. 내 또래의 여자가, 아무리 스페인 여자라도, 기품도 없고 대형 미용실의 접수계 직원이었던 스페인 여자라도 빨간색을 입을 생각은 안 할 거라고요. 저녁에 레스토랑에서라면 몰라도, 낮에 이렇게 차려입고 돌아다닐 생각은 안 하죠─그래도 공원에서입는 빨간 정장에는 눈을 질끈 감겠는데, 목에 레이스가 잔뜩 달린 이 블라우스만큼은 도저히 봐줄 수가 없네요. 당신은 이걸 당통 칼라라고 부르며 그 말에 내가 안심해야 마땅하다는 듯이 말하지만, 당신이 손과 팔을 들어 화관 모양을 그리며말하는 것도 우리끼리니까 솔직히 말하자면 끔찍이 거슬리고, 당신은 베일이니 구름이니 거미줄 같은 천이라는 말로 어제 우리가 처음으로 소위 유혹장면이라는 그 장면을 의상까지 갖춰 입고 연습할 때 내가 느낀 목 졸리는 기분을 몰아낼 수 있을 듯이 말하지만, 그 장면은 언뜻 보면 희극적이지만, 그러나 가슴 뭉클한 진정성을 담아 연기해야 하는 장면이라고요. 내가 스스로 기즈 공작처럼 느껴서야 어느 부동산 관리인이 자기 능력에대해 늘어놓는 장면에서 내가 여느 여자처럼 감동

할 수 있겠냐고요. 프랑수아즈, 내가 연출가에게
는 아무 말도 하지 않았다는 건 당신도 알 겁니다
만, 이렇게 입 다문다고 긍정하는 게 아닌데, 연출
가는 당신 편을 들겠지요. 자기 의상에 대해 의구
심을 표현하는 배우는 즉각 제 배역을 편치 않아
하는 걸로 의심을 받게 되죠. 난 필라르 배역이 아
주 편안한데 말이에요. 게다가 프랑수아즈, 당신도
눈여겨봤겠지만, 나는 당신이 정해준 다른 의상들
을 입을 때는 아주 편안해요. 심지어 당신이 원색
을 택한 빨간색 정장도 입었고요, 블라우스도 괜
찮은데, 다만 당통 칼라 대신 엄격함과 여성스러움
의 중간쯤 되는 작은 클로딘 칼라를 제안해 봅니
다. 프랑수아즈, 우리가 각자 자기 생각만 하지 말
고, 연극을 생각하자고요, 필라르를 생각하고, 페
르낭을 생각하고, 두 사람의 서툰 몸짓을, 더듬거
리며 생겨나는 사랑을 생각하자고요.

4. 스페인 연극

공원.

오렐리아와 마리아노가 선글라스를 쓰고 벤치에 앉아 있다.

오렐리아의 무릎 위에는 여성잡지(당연히 스페인 잡지)가 놓여

있다.

마리아노   롤라, 그 꼬마에게 삽 돌려줘!

오렐리아   끼어들지 마. 알아서 하게 놔둬.

마리아노   쟤는 이미 삽을 갖고 있어. 두 개나 가질 필요 없

          잖아.

오렐리아   쟤들이 해결하게 놔둬. 부모는 끼어들지 말아야

          해. 당신은 걔들이 사귀는 거 같아?

마리아노   누구?

오렐리아   누리아와 게리 틸튼 말이야.

마리아노   보여줘 봐.

오렐리아   누리아는 발뺌하는데, 아무래도 사귀는 것 같아.

          그 남자는 정말 귀여워.

마리아노   보여달라니까.

오렐리아 앙큼한 년.

마리아노 (*잡지를 보며*) 염색도 하고 몸도 만들었네.

오렐리아 염색은 당신도 했잖아.

마리아노 아예 온 동네가 듣게 떠들지 그래.

오렐리아 그 사람은 이제 고작 마흔인데, 왜 염색을 하겠어.

마리아노 적어도 오십은 돼.

오렐리아 게리 틸튼은 마흔이야, 마리아노.

마리아노 롤라, 개한테 갈퀴라도 줘야지! 갈퀴는 줘!

오렐리아 애가 내 얘기를 하고 있잖아…. "언니가 나보다 뛰어나요, 난 늘 언니를 존경했어요. 언니를 존경해서 이 일을 하고 싶었어요. 언니를 따라 하고 싶었거든요. 난 늘 언니가 나보다 재능이 많다고 생각했죠…."

마리아노 착하기도 해라.

오렐리아 가련한 척 자기가 나만큼 운이 좋지 않았다고 암시하는 거지. 착한 게 아냐. 이건 대중 선동이고, 교만한 거고, 그리고 동정을 구하는 거지.

마리아노 말도 안 돼.

오렐리아 개가 나의 주부 기질을 볼 때 내가 수학 선생과 사느라 우둔해지고 있는 게 당연하다고 생각한다는 걸 내가 뻔히 아는데, 우리 언니가 나보다 뛰어나요, 라는 말을 하다니 놀랍네. 크리스탈이 그렇게 말했어, 난 걔를 믿어. 크리스탈은 누리아가 가정주부라고 말했다고 했지만, 난 그 말을 가정부라고 해석해. 프리카 배달업체가 토요일 아침에도 배달을 하는지, 혹은 세탁기에 전분을 넣어야 하는지 물어보려고 내게 전화를 걸 때도 그렇고, 걔가 나를 찾을 때는 늘 가정부를 찾는 거지 다른 일로 나를 찾지는 않으니까. 사람들이 누군가가 자기보다 재능이 많다고 말할 때는 그 누군가가 자기에게 아무런 그늘도 드리우지 않는 사람일 때야. 참, 크리스탈에게 애인이 생겼어. 그 남자는 사귄 지 이틀 만에 크리스탈을 너무 사랑해서 잠도 못 자고, 먹지도 못해서 괴로운 걸 피하려고 더는 그녀를 만나고 싶지 않다고 했대. 걔는 다시 제모도 하기 시작했고, 자신을 가꾸기 시작했는데, 가련하게 되었지 뭐야. 그래서 이렇게 말했지. 크리스탈, 아니, 잠도 못 자고 먹지도 못하는 남자를 누가 원해? 그런 사람은 아무도 원치 않아. 사람들은 잠도 자고, 상대방 생각도 하지 않고 그러면서도 상대를 무너뜨리는 남자를 원한다고. 걔는 이렇게 말했지. 그야, 그렇지, 게다가 그 남자는 자동차에서 내 무릎을 얼마나 갈아대던지, 하마터면 따귀를 날릴 뻔했어. 나는 물었지. 그 사람이 네 무릎을 왜 갈아, 걔는 말했어, 한 손으로 운전대를 잡고서 짜증나게 주물러 대는 그런 작자들 있잖아, 하지만 난 이미 선을 넘어서 버렸어. 숨 쉴 틈을 찾았었거든. 이 모든 게 아니발과 다시 잘해보려 한 건데. 아니발은 자기 어머니가 집을 고치는 동안 다른 좋은 방법이 없다며 우리 집에서 지내라고 했지 뭐야. 그 어머니는 아침식사로 바게트 하나를 다 먹어. 크리스탈의 말로는 그럴 때마다 그 여자는 눈에 안 띄려는 듯이 식탁 위로 팔을 슬그머니 뻗는대.

마리아노　쟤가 갈퀴로 남자애를 때리고 있어.

오렐리아　롤라, 때리지 마! 갈퀴로 애를 때리면 어떡해!

그녀는 아이들 쪽으로 달려간다.

5. 가상 고백

배우(*마리아노 배역의*)

요즘 올모 파네로의 작품을 연습하고 있어요.

마리아노라는 배역이죠.

여배우와 결혼한 수학 선생이에요.

물러터지고 도덕관념도 없는 그런 남자죠.

도덕관념이 없는 건 매력적이에요.

하지만 물러터진 것과 도덕관념이 없는 것 중에는 물러터진 게 이기죠.

도덕관념이 없는 건 물러터진 결과여서, 도덕관념이 없다는 게 별다른 개성이 되지 못하죠. 도덕관념 없는 물러터진 남자를 연기하려면 그저 물러터진 것만 연기하면 되는 거죠. 도덕관념이 없다는 특징에는 어떤 능동적인 차원도 없으니까요.

아쉽지만 그래요.

그러니까 나는 마리아노를 연기하는 배우예요.

물러터진 남자.

의지박약하고, 그래서 도덕관념이 없는 작자죠.

의지박약한 도덕관념을 기대할 수는 없지요.

반면에, 의지박약하지는 않으면서 도덕관념이 없는 건 가능할 것 같아요.

제가 아쉬워하는 건 바로 이런 가설 때문입니다.

6. 스페인 연극

오렐리아와 마리아노, 여전히 공원에 있다.

오렐리아   당신, 가끔은 나한테 말을 걸 수도 있잖아.

마리아노   무슨 말을 해? 여기 있으니 꼭 죽은 느낌이야. 형체를 알아보기도 힘든 저 생명체들이 더러운 모래밭에서 뒹굴며 갈퀴 하나를 서로 갖겠다고 싸우는 꼴을 바라보면서 당신 자매들의 사는 얘기를 참으며 듣고 있자니 말이야.

오렐리아   우리 산책이나 할까?

마리아노   그건 더 최악이야.

오렐리아   그게 뭐야? *(마리아노가 상의에서 술병 하나를 꺼내고*

있다.) 당신, 뭐 하는 거야?

마리아노　코냑이야.

오렐리아　이젠 코냑을 들고 외출하는 거야? 언제부터 그랬
어?

마리아노　늘 그랬어.

오렐리아　마리아노, 당신, 술 마셔?

마리아노　안 마셔.

오렐리아　마시고 있잖아!

마리아노　그냥 반응할 때만 마셔.

오렐리아　뭐에 대한 반응인데? 마리아노, 사람들이 당신을
쳐다보잖아! 안녕하세요! 인사라도 해!

마리아노　안녕하세요!⋯ 우리가 하는 건 비인간적이야.

오렐리아　우리가 뭘 하는데?

마리아노　이 자리에 있는 것, 그게 비인간적이라고. 한 모금
마셔봐. 하루가 훨씬 가벼워질 거야.

그가 술병을 내밀지만 그녀는 밀어낸다.

오렐리아　기겁하겠네.

마리아노 이런 오후를 견뎌내는 당신 능력에 나야말로 기겁
하겠어.

7. 가상 인터뷰

배우(*누리아 배역의*)

내 머리는 아니고, 내 몸은 괜찮아요, 좀 괜찮지요,
하지만 내 머리는 아니에요, 도무지 모르겠고 이해
할 수도 없어요. 내가 예쁜지 아닌지도 모르겠어
요. 어떤 거울에 내 얼굴을 비쳐 보면 예뻐요. 내
가 예쁘다고 생각한 어떤 얼굴을 닮았거든요.

그런데 다른 거울에 비쳐 보면 끔찍해요. 저게 내
얼굴이야, 저게 나야, 그러곤 어떡해서든 얼굴을
숨기지요,

사진이나 영화에서도 그래요, 대개는 못생겼고, 어
쩌다가는 봐줄 만해요, 예쁘다고는 못하겠지만, 매
력이 있죠, 내가 매력이라고 볼 만한 매력이고, 어
쩌면 다른 사람들이 나만의 매력이라고 보는 매력

인지도 몰라요. 머릿속은 너무 변덕스러워 한 가지 생각에 몰두하기가 힘들어요, 어쩌면 나는 한 가지 생각에 몰두하기 위해 배우가 되고 싶었는지도 몰라요.

나는 인터뷰를 좋아하지 않아요.

전에는 아무나 해달라고 하면 수천 번이고 인터뷰를 했죠. 대단한 사람이 되길 꿈꾸었던 시절의 얘기지요.

이젠 진짜 인터뷰는 좋아하지 않아요.

게다가 진실은 대체로 재미없잖아요.

8. 스페인 연극

필라르와 누리아.

필라르는 오렐리아가 보던 것과 같은 잡지를 들여다본다.

필라르 여기, 너 예쁘게 나왔네. 머리를 푸니까 멋지잖아. 열 살은 더 젊어 보여.

누리아 이건요?

필라르 그건 좀 덜 예뻐.

누리아 이건 영화 사진이에요.

필라르 영화에서는 머리를 올렸어?

누리아 네.

필라르 아쉽다.

누리아 아쉽긴요, 인물이 그런걸요!

필라르 그 인물은 늘 머리를 쪽지고 있어?

누리아 네, 항상.

필라르 사람들이 네 머리카락을 못 본다니 아쉬워.

누리아 엄마, 사람들은 내 머리카락 같은 건 신경 안 써요!

필라르 너도 네 언니처럼 나한테 소리치기 시작하냐? 요
즘 걔가 나를 뭐라 부르는지 아니? 저 여자래. 내
가 롤라를 생각해서 하는 말인데, 우리끼리 얘기
지만 걔는 점점 행실이 나빠지고 있거든, 걔 휴대
폰에 대해….

누리아 걔한테 휴대폰이 있어요!

필라르 휴대폰 갖고 있어. 가짜 휴대폰이야. 소음은 진짜
보다 더 고약해. 난 사람들과 같이 있을 때는 걔

휴대폰을 빼앗아야 한다고 생각하는데. 네 언니는 글쎄 마리아노한테 이렇게 말하지 뭐냐. 자기 딸 때문에 죽겠는데, 저 여자가 훈계까지 늘어놓는다고 말이다. 누리아, 너는 이게 정상처럼 보이니?

누리아   언니가 어떤지는 엄마가 알잖아요.

필라르   내가 페르낭에게 이 얘길 했더니, 그이도 이건 정상이 아니라더라.

누리아   엄마는 그 사람에게 우리 얘기를 해요? 왜 우리 얘기를 그 사람한테 해요?

필라르   그럼 무슨 얘길 하길 바라니? 우린 각자 사는 얘길 하는 거야.

누리아   그 사람에게 우리 얘기는 하지 마시라고요.

필라르   넌 나한테 이래라 저래라 하지 마라. 우리가 네 얘길 하는 게 싫거든 신문에 기사가 나게 하지 말든가.

누리아   엄마, 그건 내 일이에요. 그게 무슨 상관이에요.

필라르   그게 네 일이라면, 내 일은 내 약혼자에게 내 자식들 얘기를 하는 거야.

누리아   엄마 약혼자요!

필라르   그럼, 뭐라고 불러?

누리아   엄마, 농담으로라도 내 *약혼자*라는 말은 마세요!

필라르   왜?

누리아   우습잖아요.

필라르   그래, 그런지도 모르지. 하지만 난 그게 예뻐 보여.
        내 나이에 약혼자라 하는 게 난 예뻐 보인다고. 우
        스워 보이거나 말거나.

누리아   그 사람도 *내 약혼녀*라 해요?

필라르   아니. 그 사람이 뭐라 하는지는 난 몰라. 그 사람
        이 나에 대해 뭐라 하는지도 모르고. 이제 좀 읽어
        보자…. 내가 이 영화를 좋아할 거 같니?…

누리아   아뇨.

필라르   왜 내가 안 좋아할 것 같아?

누리아   엄마는 이런 종류의 영화를 안 좋아하니까요.

필라르   안 웃겨?

누리아   전혀요.

필라르   아쉽네. 사람들은 웃는 거 좋아하는데.

누리아   못 웃을 거예요.

필라르   아쉽네.

누리아	그래요.
필라르	그럼, 게리 틸튼은 할리우드로 다시 떠났어?
누리아	그게 엄마랑 무슨 상관인데요?
필라르	조만간 할리우드에서 너를 부를 거야. 페넬로페 크루즈처럼.
누리아	내가 쉰 살쯤 되면 그 여자의 어머니 역할을 맡으라 할지 모르죠.
필라르	내 말을 잘 기억해둬, 두고 봐.
누리아	페르낭과 같이 사시려고요?
필라르	모르겠어. 우선 그 사람이 너희들의 마음에 들었으면 좋겠고. 그 사람이 나보다 젊어 보이거든 말해다오. 크리스탈이 바르셀로나에 눌러앉은 게 아쉬워. 딸 셋을 다 같이 보고 싶은데. 셋을 한꺼번에 볼 수가 없네.
누리아	기사에서 오렐리아 얘기를 했어요.
필라르	어디? 아, 이건 좋네. 네가 이렇게 말하다니 착하구나. 그 애가 아주 기뻐하겠어. 네 언니가 재주가 많은 건 사실이지.
누리아	나보다요?

필라르   비교할 수 없지. 대신 넌 미모를 갖췄잖니.

9. 가상 인터뷰

배우(*누리아 배역의*)

진짜 인터뷰에서는 우리가 원하는 대로 행동할 수 없으니 결국 타협하고 말죠. 겁이 나거든요.

나는 쏘냐를 연기하고 싶었어요. 〈바냐 아저씨〉에서 말이죠. 그게 제가 연기하고 싶었던 역할이었죠. 젊었을 적 내 꿈이었어요.

잊힌 여자, 사랑받지 못한 여자.

못생긴 여자.

그 여자는 자기를 쳐다보지조차 않는 남자를 사랑하죠. 어느 순간에는 언제 돌아올 거냐고 묻는데, 그 남자가 모르겠다고 대답하자, 여자는 이렇게 말하죠. 한 달 더 기다려야 할까요?

난 그런 말을 할 줄도 알았고,

어떻게 해야 하는지도 알았죠.

그 누구보다 잘해요.

인물들은 우리보다 더 우리 같아요.

남은 세월도,

성공도,

사람들이 내 미모를 두고 이러쿵저러쿵하리라는
생각도

쏘냐 알렉산드로브나를 결코 뒤덮지 못했죠.

나는 한 번도 이 여자를 연기한 적이 없어요.

우리는 손에 닿는 무언가를 아주 강렬히 경험하고
싶어 하죠. 하지만 시간은 흘러가고, 어느 날엔 너
무 늦어버리지요.

우리는 늘 어딘가에서 이리저리 휘둘리죠.

책 속 페이지들에서,

〈갈매기〉 공연에서 조금씩 집과 극장이 허공으로
멀어져가는 걸 본 적 있어요.

어렸을 적 기차를 타면 나는 늘 역이 떠나는 것으
로 생각했고,

표지판과 나무와 집들을

가능한 한 오래 붙들어 두려고 애썼죠,

이런 기억이 비르길리우스의 이 시를 떠올리게
해요.

"땅과 도시들이 뒷걸음질친다"

시간이 흐르면서 우리가 살고 싶었던 세상들도
떠나고 표류하죠.

요즘 나는 스페인 연극을 연습하고 있어요. 가족
코미디인데 거기서 여배우 역할을 맡고 있지요.

배우를 연기하려니 이상해요.

여배우라는 사실을 언급해야만 할 것 같은 느낌이
들어요.

연출가는 이렇게 말하죠. 그냥 자기 자신이 되면
됩니다.

하지만 나 자신이라는 게 뭘까요?

배우로서 나 자신은 뭘까요?

그런 게 존재하기는 할까요?

내 방에는 사진이 하나 있어요.

배우들이 텅 빈 무대에 올라, 존재하지 않는 풍경
을 바라보는 사진이죠.

그들은 길 잃은 듯 보여요.

정말 잃은 게 아니라,

방향감각을 잃은 거죠.

그들은 아무것도 아닌 것에 놀라고, 무슨 말을 해

도 믿을 태세예요.

바로 이런 걸 난 좋아해요.

이곳에서 저곳으로 가는 사람들,

그들은 비스듬히,

강을 가로지르고

이 나이에서 저 나이로 건너가고

현실의 시간 속을 걷지 않죠….

10. 스페인 연극

마리아노와 오렐리아.

그들의 집.

마리아노는 손에 대본을 들고 오렐리아의 상대역 노릇을 해준다.

마리아노   *당신 때문에 마음이 뒤숭숭해요. (사이)*

당신 때문에 마음이 뒤숭숭해요.

오렐리아   두 번 말하는 거야?

마리아노   아니, 당신이 대꾸를 안 해서.

오렐리아   일부러 사이를 두는 거지. 당신 때문에 마음이 뒤
숭숭해요.

마리아노   *당신 때문에 마음이 뒤숭숭해요.*

오렐리아   *(사이) 키스 씨, 화요일마다 나는 당신 집에 오기
위해 강을 건너죠. 그리고 화요일마다 다리 위를
지나며 멘델스존이 끝나면 우리가 뭘 연습할 수
있을까 생각해요. 그러고 나선 불편한 의자에 자
리 잡고는, 당신을 편하게 해주려고 조금 뒤로 물
러나 있으려고 애쓰지요. 가져온 악보를 가방에서
꺼내는 일은 없죠. 당신의 연주가 조금도 나아지
지 않으니까요. 나는 당신 목덜미의 곡선과 어린
아이처럼 열중하는 모습을 바라보며, 보통 선생이
할 법한 결정적인 말을 내뱉을 마음의 준비를 하
지요.*

마리아노   *무슨 말이죠?*

오렐리아   *그런데 당신은 말하는군요. 당신 때문에 마음이*

뒤숭숭하다고요. 예전에 당신은 추위나 메트로놈 때문에 뒤숭숭하다 하셨지요. 메트로놈 때문에 뒤숭숭해질 때와 같은 뒤숭숭함이 아니라고 말해주세요. 같은 표현을 쓰는 게 맞나요? 당신은 뒤돌아보지도 않고 뒤숭숭하다고 말하고, 당신도, 나도 움직이질 않죠.

사이

마리아노 "우리가 멘델스존을 포기하면 좋겠어요?"

오렐리아 안다고, 잠깐 사이를 좀 두게 기다려!… 당신은 뒤돌아보지도 않고, 뒤돌아보지도 않고 뒤숭숭하다고 말하고, 당신도, 나도 움직이질 않죠. (사이) 우리가 멘델스존을 포기하면 좋겠어요?

마리아노 뷔르츠 양, 당신은 등 뒤에서 나를 관찰하시면서 내 몸이 한쪽으로 살짝 기울어진 걸, 눈에 보이지 않는 압박의 무게에 짓눌리고 있는 걸 눈치채셨나요? 뷔르츠 양, 그건 바로 당신의 손, 당신의 당당한 손이 내 어깨 위에 놓여 있기 때문입니다. 난 죽을 것만 같아요.

오렐리아   키스 씨, 보시다시피, 저도 겨우 지탱하고 있어요.
우리가 이 멘델스존을, 그리고 우리를 울적하게
하는 이 모든 걸 포기하면 좋겠어요?

마리아노   이런 걸 누가 보러 가?

11. 가상 고백

배우(페르낭 배역의)

올모 파네로는 말이란 침묵 속의 여담이라고 우리
에게 말해주기 위해 피레네산맥을 넘어왔죠. 그는
이 문장을 조음하기 전에 객석 안쪽, 조명이 비추
지 않는 모서리에 앉았죠.
사람들은 그를 젊은 작가라고 부릅니다.
자기 나라에서 상당히 성공을 거둔 청년이죠.
딱히 젊다고 할 순 없지만 젊은 작가지요.
작가들에게 시간은 유연한 편이죠.
그는 연습을 지켜보려고 특별히 마드리드에서 왔

는데,

사람들이 자기 얼굴을 알아보지 못하도록 객석 구석, 조명이 비추지 않는 모서리에 앉았죠.

올모 파네로가 구석 줄 어딘가로 사라진 순간부터 제 행동은 아주 자연스러워졌어요. 나는 직감에 따라 관례를 벗어난 인물을 만들어냈죠.

몸짓,

억양,

거짓 기분,

분위기를 띄우는 농담을 지어내고,

객석 구석의 그림자를 위해 나를 멋지게 만들어,

올모가 나를 흠모하길,

그가 나의 비중에 매료되길,

그가 나를 가장 찬란한,

가장 찬란한 배우로 생각하길 바랐지요.

그가 본 페르낭 중에서 가장 위대한,

온 시대를 통틀어 가장 위대한 페르낭이라고 생각하길 바랐어요.

하루가 끝날 무렵, 그는 제자리를 떠나 앞으로 나

와서,

말은 그저 침묵 속의 여담일 뿐이라고 말했죠.

피레네산맥을 가로질러 와서는 이 문장을 말한 겁니다.

특히, 나에게.

12. 가상 대화

배우*(마리아노 배역의)*

파네로 씨, 내가 당신의 마리아노를 연기하기 전에 다른 불우한 인물들을, 다른 알코올 중독자들을 연기해 봤다는 걸 알아주세요.

당신의 마리아노보다 더 정신 나간 러시아인들도 연기해 봤고,

온갖 종류의 불행한 이들을 연기해서, 종이 위의 불행한 이들을 아주 잘 아는 전문가랍니다.

그러니 어떻게 해야 하는지 나한테 설명하시지 말고,

괜한 설명으로 당신의 글을 김새게 하지도 말고,

나한테 말도 걸지 말고,

만족감도 드러내지 말아 주세요,

특히,

당신의 만족감에 내가 겸허히 기뻐하는 모습을 보이도록 강요하지 마세요

저자의 만족은 더없이 혐오스럽다고는 하지 않더라도 더없이 보잘것없는 것이니까요.

우리가 대본 읽기를 할 때 파네로 씨, 난 당신이 미소 짓는 걸 보았어요. 우리가 당신의 작품을 읽을 때 당신이 조금 떨어져서 의자에 앉은 채, 거북함과 거만함 사이에 청년처럼 걸터앉은 채 혼자 좋아하며 넋 나간 채 미소 짓는 걸 보았죠.

당신의 악보가 그리 제대로 연주되지 못하는 걸 들으면서도 넋 나간 채 미소를 짓는 당신을 보고 나는 당신의 그 가련한 파닥거림을 그저 막아보려 애썼죠.

솔직히 말하자면 저자의 만족은 *꼴사나워*요,

파네로 씨, 가만히 생각해보면 죽는 것이야말로

당신의 직업에 유일하게 어울리는 지위인데, 죽지
않으셨으니,

포스터 위의 이름으로만, 부재로만 남아주시지
요….

아니면 조명이 비추지 않는 모서리 객석 구석에
돌처럼 앉은 어둠의 존재로 남아,

우리를 당신의 인물들과 홀로 있게 해주시든지요.

인물들은 방탕해지고,

불온해지고 싶어 하죠.

올모, 당신 면전에 대고 코웃음을 치고 싶어 한다
고요

배우는 작가를 소멸시키기 위해 존재한다는 걸
아셔야 합니다.

작가를 소멸시키려고 하지 않는 배우는 글러 먹
었죠.

그런 배우는 타협하는 배우이고,

어떤 방식으로든 당신의 번드르르한 처방을 짓밟
길 원치 않는 배우는

아무짝에도 못 쓸 배우라고요.

13. 스페인 연극

필라르, 누리아, 오렐리아, 마리아노, 페르냥.

필라르의 집.

차, 작은 케이크, 샴페인.

마리아노   발라돌리드 수영장에서 세르지오 모라티를 본 후
로 저는 합기도를 완전히 포기했어요. 오렐리아에
게 이렇게 말했죠. 세르지오에게 근육이 하나라도
있으면 말해봐. 바로 저게 합기도 2단이야, 라고 말
할 근육이 하나라도 있는지 말이야. 컴컴한 운동
실에서 12년을 보내고도 발라돌리드 수영장에서
근육의 기미조차 보이지 않는 피둥피둥한 몸을 보
여줄 바에야.

오렐리아   저이는 합기도를 포기했다고 말하지만, 합기도도,
어떤 운동도 할 생각을 해본 적이 없어요.

필라르   세르지오 모라티, 난 그 청년이 참 좋던데, 그는 어
떻게 되었어?

마리아노   그 친구는 요양병원에 있어요.

필라르   그래?

마리아노   자기 아내가 바람을 피웠다는 사실을 알고는 보드
카를 한 병 들고 거리로 나가서 길바닥에 무릎을
꿇고 앉아 자동차들이 자기를 깔아뭉개주길 바랐
죠. 사람들이 그를 겨우 집으로 들여보내긴 했는
데, 결국엔 아이들이 보는 앞에서 칼로 자살을 시
도했어요. 아이들 앞에서 자기 배를 갈랐죠.

필라르   아이들이 보는 앞에서?

마리아노   네. 그 애들도 이미 그리 정상은 아니었어요.

필라르   어땠는데?

오렐리아   가장 큰 애는 자기 방에 영안실을 만들어놓았고
요….

필라르   영안실을!

오렐리아   네. 벌레 사체들로. 그리고 막내는 하루에도 열두
번씩 옷을 갈아입었죠.

누리아   언니 딸은 청소기를 잘 돌리잖아.

오렐리아   그게 이 얘기랑 무슨 상관인데?

누리아   난 좀 이상했거든. 미안하지만, 아이가 자기 생일
선물로 청소기를 받고 좋아하는 게 말이야. *(페르*

낭에게) 우리 조카는 세 살 때 청소기를 달라고 했어요. 장난감이지만 배터리로 작동하는 건데, 그 애는 미칠 듯이 좋아하더니 당장 청소기를 돌리기 시작했어요. 우리는 발을 들고 그 아이가 청소하는 걸 지켜보아야만 했죠. 그 앤 점심을 먹고 나서 디저트를 먹기도 전에 식탁을 떠나려고 했어요. 난 쟤가 또 청소기를 돌리고 싶은 모양이라고 말했는데, 사실이었죠. 다시 그 일을 하고 싶었던 거였어요.

마리아노 그 후 우리는 파출부를 내보냈죠.

필라르 어쨌든 그 애는 청소 하나는 잘했어. 지난 일요일에 자기 청소기를 가져와서 현관과 방을 청소했는데, 정말이지 꼼꼼했다니까.

누리아 *(페르낭에게)* 이젠 멈출 수가 없는 지경이에요. 그게 열정이 되었거든요.

페르낭 우리는 청소해줄 사람을 계속 찾고 있는데….

오렐리아 미안하지만 페르낭, 이런 대화가 난 좀 불편해요.

마리아노 청소기가 작아서 유리한 점은 구석구석을 청소할 수 있다는 거….

오렐리아   당신, 한 마디만 더하면 난 갈 거야.

필라르   애야, 뭐가 그리 심각해? 웃자고 하는 말인데.

오렐리아   난 안 웃기다고요. *(마리아노에게)* 당신은 당신 딸을 우스꽝스럽게 만드는 게 재미있어.

마리아노   그 애가 청소기를 잘 돌리는 건 인정하자고.

오렐리아   그래서? 그러면 안 돼?

마리아노   무슨 큰일인 것처럼 군 건 당신이잖아.

오렐리아   큰일인 건 맞지. 나야 그 말 뒤에 뭐가 숨어있는지 너무도 잘 아니까.

필라르   그 말 뒤에 뭐가 있는데?

오렐리아   엄마, 그 말 뒤에 있는 건 이거예요. 걔가 청소기를 돌리는 건 우연이 아니라, 이 아이의 모델이 하인이라는 거죠. 이건 마치 내가 계획적이고 선견지명이 있다고 말하는 것과 똑같은 악담이죠. 말하자면, 예술가와 *(손짓으로 누리아를 가리킨다)* 쁘띠 부르주아 사이의 격차를 슬쩍 암시하는 말이라고요.

필라르   자, 자, 오늘은 말다툼 같은 거 안 할 거지. 페르낭, 딸 둘을 둔다는 게 이래요.

누리아   언니는 점점 편집증 환자가 되어가고 있어.

오렐리아 내가 편집증 환자라고 생각하거든 네 형부한테 가
서 내가 편집증 환자라고 말하지 말고 나한테, 내
면전에 대고, 넌 편집증 환자야, 라고 말해. 물러터
진 배추 같아서 절대로 내 편을 드는 법이 없는 마
리아노에게 찌질한 지지를 구하지 말고. 엄마, 가
짜 설탕 있어요?

필라르가 나간다.

누리아 언닌 편집증 환자야.

오렐리아 그래. 이게 낫네.

누리아 그 말이 언니한테 그렇게나 거슬린다면 안심해, 절
대로 다시는 롤라가 청소기를 돌린다는 말 하지
않을 테니까.

오렐리아 롤라가 청소기 돌린다는 말은 얼마든지 해도 좋
아. 게다가 걔는 작은 청소기만 돌리는 게 아니라
큰 것도 돌려. 제 침대도 정리하고, 제 물건도 잘
정돈해. 진주 같은 애라고. 우린 진주 같은 딸을 뒀
다고. 사람들이 롤라가 청소기를 돌린다고 말하거

나 말거나 난 상관 안 해. 다만 롤라가 청소기를 돌린다는 얘기를, 지난 1월에 소매 없는 작업복을 입고 학교에 간, 완전히 맛이 간 세르누다에 대해 얘기할 때와 같은 식으로 말하진 말라는 거야.

필라르, (돌아와서) 얘야, 연습은 어땠는지 나한테 말 안 해 줬잖니.

오렐리아 아주 잘 됐어요.

필라르 연출가는 마음에 들고?

오렐리아 네.

페르낭 뭘 연습해요?

오렐리아 불가리아 연극이에요. 70년대 작품이죠.

마리아노 아주 유쾌한 작품이에요.

필라르 그래?… 그런데 왜 너희들은 즐거운 얘기라곤 안 하냐? 사람들은 유쾌한 걸 좋아해.

누리아 페르낭, 연극 좋아하세요?

페르낭 그럼요, 아주 좋아하죠. 이래 뵈도 제가 문학과 철학을 공부했거든요.

누리아 연극 보러 가세요?

페르낭 예전엔 자주 갔죠. 마리아 게레라며 베야스 아르

테스에 일 년에 여러 번씩 갔죠.

마리아노   이젠 안 가세요?

페르낭   저는 덜 계획적이에요. 그런 외출을 준비한 사람은 제 아내였거든요. 그래서 이젠 영화관에 가요. *(누리아에게)* 당신 영화는 전부 보았죠.

누리아   고마워요.

필라르   아 그건 그래. 이이는 나를 알기 전부터 너를 잘 알고 있더구나.

누리아   고마워요.

페르낭   *(잠시 사이를 두다가)* … 당신의 연극작품은 뭐에 관한 거예요?

오렐리아   별것 아니에요.

마리아노   왜 별것 아냐, 얘기해봐.

오렐리아   아주 평범한 이야기예요.

마리아노   그렇지만 스타일이 마음에 들 겁니다.

오렐리아   제가 연기하는 피아노 선생이 자기 학생과 사랑에 빠지는데, 자기보다 나이가 많고 유부남인 남자죠.

누리아   그 남자도 여자를 사랑하고?

오렐리아   그건 몰라.

14. 가상 인터뷰

배우(*오렐리아 배역의*)

요즘 스페인 연극을 연습하고 있어요.

그 작품에서 여배우 역할을 맡았는데

그 여배우는 불가리아 연극을 연습하죠.

나는 어느 유부남에게 피아노를 가르치면서 그 남

자를 사랑하게 돼요.

우리는 멘델스존의 서곡을 연습하죠.

잘 알려지지 않은 작품인데,

이 음악가의 여섯 편의 서곡과 푸가에서 발췌한

곡이에요.

바흐에 대한 오마주로

오랜 기간에 걸쳐

계획 없이

작품을 만들겠다는 욕망도 없이 쓴 작품이죠.

남자는 피아노 연습도 하지 않고

전혀 실력이 늘지 않아서

점점

내가 가르치러 올 이유가 없어져요

나는 점점 더 정당성을 잃죠.

사랑한다고 해서

정당하다는 의미는 아니니까요.

그이는 더는 오지 말라는 말을 절대로 하지 않지만

나는 그 말을 듣게 될까 봐 겁내죠.

매번 두려워해요.

우리는 실력이 나아지지 않는 피아노 연습을 하고.

시간은 흘러가죠.

이건 고독과 흘러가는 시간에 관한, 어찌해 볼 도

리 없이 이어져 있는 두 주제에 관한 작품이에요.

스페인 연극 속 제 남편은 이 불가리아 연극이 침

울하다고 생각하고,

나의 어머니는 내가 유쾌한 작품을 연기하길 바

라죠.

나도 유쾌한 작품을 연기하는 걸 좋아해요.

유쾌한 것이 슬픈 것보다 열등한 건 아니니까요.

하지만 그래도 슬픈 작품이 더 오래 남죠.

마음에.

오래도록.

15. 스페인 연극

같은 인물들. 얼마 후.

마리아노 고이티솔로는 내가 이 건물에서 무시할 수 없는 사람이라는 걸 알았죠. 내가 관리조합에 속하지도 않는데 말이지요. 고이티솔로는 조합 관리인인 마라뇬에게 담쟁이를 정말로 잘라야 하냐고 ─ 다시 말해 미친 여자(이웃집 여자)의 명령에 굴복해야 하냐고 물었죠. 마라뇬이 보낸 공식문서에는 벽을 공유할 경우, 벽에서 최소한 3미터까지는 아무것도 심을 권리가 없다고 적혀 있었거든요.

페르낭 맞아요. 공유권에 관해서라면 서로 의견을 맞춰야 할 겁니다.

마리아노 그게 참 말이 쉽지요! 일층에 살고, 정원을, 사실은 마당이지만 우리가 정원이라고 부르는 걸 돌보는 페피뇰레가 스스로 식물에 관심이 있다며 그 일을 하겠다고 나섰길래 안 될 것 뭐 있나 했는데, 페피뇰레는 옆집 여자에게 넘어갔어요. 왜 넘어갔을까요? 담쟁이 때문에 막히는 빗물받이 홈통을 우리가 청소하길 바라고 그런 거죠. 직접 사다리를 타고 오르는 게 겁이 났던 거겠죠. 고이티솔로 집에서 모임이 있었는데, 고이티솔로, 프랑코, 마라뇬, 페피뇰레, 그리고 관리조합에 속하지 않으니 아무 상관도 없는 나까지 끼었죠. 우리는 소송이 겁나서 담쟁이를 자르기로 결정했고, 고이티솔로와 프랑코는 페피뇰레에게 그가 심은 식물이 죄다 허접쓰레기이며, 우리가 법적인 이유로 담쟁이는 양보해도 그의 식물들을 인가할 생각은 없다는 걸 이해시켰죠. 페피뇰레는 그늘에서도 잘 자라는 진달래를 심는 건 거부하더니 왜 그런지 모르겠지만 마당에 화분을 자꾸만 늘렸는데, 수국을 자꾸 갖다 놓는 걸 프랑코는 참지 못했죠. 결국 페피뇰레는 버럭 화를 내며 가버렸어요. 일주일 뒤에 고이티솔로가 나한테 전화를 걸어, 페피뇰레가 아주 이상하다는 거예요. 그 자식이 직접 관리회사에 전화를 걸어 식물을 몽땅 자르라고 했대요. 모조리 싹둑 잘라버리라고요. 이웃집 여자의 담장을 넘어서는 것만이 아니라 군대에서 하듯이 담쟁이, 식나무, 히비스커스 할 것 없이 깨끗이 밀어버리고, 마당을 병원 마당처럼 만들겠다는 거요. 그러니 나도 참석하겠지만, 당신도 프랑코와 마라논과 함께 참석해야겠어요. 마라논은 페피뇰레가 정원의 관리권을 쥐도록 내버려 둔 무능한 작자지요. 고이티솔로는 마라논이 페피뇰레가 정원에 대한 고삐를 쥐도록 놔두지만 않았어도, 라고 말했는데, 나도 그 말에 전적으로 동의해요. 누구도 그 일을 그자에게 강요하지 않았거든요, 그렇게 내맡기지만 않았어도 우리가 신경을 쓰지 않았을 때처럼 황무지 같은 정원을, 독일식이 아닌 사람 냄새가 나는 정원을 갖게 되었을 거라고요. 그 자리에 오지도 않은 일층 거주자의 독재를 우리가 감내해야 한다는 게 있을 수 있는 일이냐고, 고이티솔로가 말했죠. 나도 그의 의견에 전적으로 동의하고요. 그 작자는 치기공사齒技工士라는 직업 때문에 여기 산 지가 겨우 2년밖에 되지 않았다고요. 오렐리아, 왜 그래, 왜 그러냐고, 페르낭은 내가 하는 말을 아주 잘 이해하고 있다고, 그리고 이 일에 관심도 많을 테고. 저 무능한 마라뇬 대신 페르낭이 우리 건물을 관리했더라면….

오렐리아 페르낭은 신경도 안 쓰셔. 이런 걸 매일 겪으실 테니.

페르낭 나는 괜찮아요.

마리아노 괜찮으시다잖아.

누리아 그렇다고 열의를 보이시는 것도 아니잖아.

마리아노 페르낭, 사람들이 왜 당신들을 해고하지 않는지 아세요? 당신 말고 당신 동료들 말입니다. 당신들이 자리를 유지하는 게 무엇 덕분인지 아세요? 아무 때고 당신들을 해고할 수 있는데도 말이죠. 우리의 무기력 덕분이죠. 사람들은 무기력해요. 당신들의 영속은 사람들의 만족이 아니라 무기력에 기대고 있다고요. 바로 그래서 당신들은 멍청하고 비겁한 겁니다. 이런 실존적 상황에 대해 곰곰이 성

찰해야 할 겁니다. 무기력에 기대어 사는 것 말이
지요.

오렐리아 왜 그래 당신? 죽도록 취한 기야?

필라르 마리아노, 왜 그러나? 왜 그렇게 술을 마시나?

마리아노 누구든 억눌려 지내다 보면 마시게 되죠!

오렐리아 저 사람은 술꾼이에요. 이젠 대낮에도 마신다고요.

필라르 마리아노, 자네 술꾼이 됐나?

누리아 엄마, 제발.

오렐리아 사과드려.

마리아노 페르낭은 내가 당신 얘기를 한 게 아니라는 걸 아
신다고.

페르낭 우선 나는 그 말을 개인적으로 받아들이지 않아
요. 그리고 동의도 해요. 고객의 무기력을 누구보
다 싫어하니까요. 그렇지만 마리아노, 무기력엔 문
이 두 쪽 달렸죠. 만족한 고객이 의사를 표명하지
않는 것 또한 유감스러운 일이니까요. 만족한 고객
도 자신이 만족했다는 걸 절대로 드러내지 않죠.
그가 만족을 표현해주면 그게 우리에게 방향타가
되어 우리를 결국 최선의 길로 이끌 수 있을 텐데

말이죠.

마리아노 페르낭, 만족한 고객이 있으면 나한테 좀 소개해
주시죠. 그런 사람을 만나보고 싶네요.

필라르 나. 마리아노, 나라네. 자네 앞에 만족한 고객이 있
네. 그게 페르낭과 내가 서로 알게 된 계기이기도
하고. 누리아, 너 드레스 가져왔어?

누리아 네.

필라르 보여줘 봐. 보여줘.

누리아 입은 걸 봐야 해요. 그냥 봐선 아무 소용 없어요.

필라르 입어 봐.

누리아 지금요?

필라르 고야 영화제에 입고 갈 드레스를 골라야 하는데.
두 개 중에서 망설이고 있거든요. 입어 봐, 재밌잖
아. 고르는 걸 우리가 도와줄게.

오렐리아 *(누리아가 나가는 동안)* 엄마, 이 케이크는 어디서
난 거예요?

필라르 그거 프루데사 거야.

오렐리아 동네에 빵집이 둘이나 있는데 냉동을 산다고요?

필라르 사실은 내가 직접 만들고 싶었는데 시간이 없었거

든. 맛없어?

오렐리아   고약해요.

필라르   페르낭, 당신도 맛봤어요?

페르낭   *(맛보며)* 당신이 만든 브라소 데 히타노[1]가 더 맛있어요.

필라르   시간이 없었어요. 요즘은 도무지 시간이 없어요.

오렐리아   뭘 하시는데요?

필라르   쉴 틈이 없어. 집안일도 하고. 바느질도 하고. 네 딸도 챙겨야지. 약혼자도 만나야지. 친구들도 신경써야지. 오늘 아침엔 크리스티나가 전화를 걸어서 우정의 날에 초대하겠다는 거야. 요즘은 우정의 날이라고 부른대. 자선 장터라는 말이 너무 부정적이라며. 난 좋은 일을 하느라 일 년 내내 고생한 크리크리에서 뭔가를 꼭 사줘야겠다고 생각했지. 대개 거기서는 산이그나시오의 죽은 사람들에게서 수거한 낡아빠진 시골 물건들을 파는데, 재미난 것들을 발견할 수도 있어. 심지어 진짜 골동품을 만날

---

1) 크림이나 마멀레이드·잼 등을 첨가하여 만든 스페인식 롤케이크.

때도 있지. 지난번에는 물레가 나왔더라고….

오렐리아　엄마, 우린 그런 거 관심 없어요. 아무도 관심 없다고요. 그 사이비 신도들의 하루를 시시콜콜 우리한테 얘기할 것 없어요. 그리고 롤라는 일주일에 딱 하루 보시잖아요. 만약 그게 문제가 되면 다르게 조정할 수 있다고요.

필라르　내가 뭘 하냐고 네가 물어서 대답한 거잖니. 오렐리아, 왜 그렇게 예민하게 굴어? 지독히도 예민하네.

마리아노　딱하게도 정말 예민하죠.

누리아가 첫 번째 드레스를 입고 나타난다.
그리고 걸어본다.

마리아노　백 퍼센트 좋아.

누리아　다른 분들은 아무 말 않으니 불안해지네요.

마리아노　난 이 옷이 아주 좋아.

누리아　언닌?

오렐리아　다른 것도 봐야겠어.

마리아노　내가 같이 가줄게. 혹시라도 처제가 혼자라면.

누리아　　난 게리 틸튼과 함께 가요.

필라르　　그 사람이 아직 마드리드에 있어?

누리아　　*(마리아노에게)* 혼자였다면 형부랑 기꺼이 같이 갔을 거예요. 페르낭은 어떻게 생각하세요? 솔직히 말해주세요, 페르낭. 유일한 외부인이시니 당신의 의견이 다른 사람들의 의견보다 더 중요해요. 유일하게 객관적인 시각이잖아요.

페르낭　　누리아, 그렇다면 사람을 잘못 만나신 겁니다! 패션에 관해서는, 특히 여자 옷에 대해서는 저는 정말이지 하나도 모릅니다. 당신 어머니도 아시지만, 아주 꽝입니다.

누리아　　제가 아름답다고 생각하세요?

페르낭　　아름답죠, 물론, 물론입니다.

누리아　　다른 옷을 입어볼게요.

누리아가 나간다.

오렐리아　　당신이 재와 함께 가겠다고 하다니 황당해!

마리아노　　그래?

필라르   쟤가 게리 틸튼이랑 사귀는 것 같니?

오렐리아   고야 영화제에 반쯤 벌거벗은 내 동생이랑 같이
          가겠다고?

마리아노   안될 게 뭐 있어?

필라르   게리 틸튼 같은 사람은 확실한 이유 없이는 스페
          인에 머물지 않아.

오렐리아   엄마, 우린 게리 틸튼에 관심 없다고요!

필라르   *(페르낭에게)* 얘가 나를 어떻게 대하는지 봐요.

오렐리아   쟤가 게리 틸튼이랑 사귀는지 알고 싶으면 직접
          물어보세요. 왜 나한테 물어요?

필라르   나한테는 아무 말도 안 해주니까. 난 늘 제일 나중
          에 알게 되잖니.

오렐리아   왜 그런지 생각해 보세요.

필라르   *(페르낭에게)* 봐요, 이런다니까.

오렐리아   뭘 보라는 거예요? 페르낭, 뭘 보셨어요? 엄마 때
          문에 당신에게도 반감이 들겠어요.

페르낭   저런.

마리아노   샴페인 한잔 하시겠어요, 페르낭?

페르낭   아뇨, 저는 차만 마셔도 행복합니다.

필라르   내 케이크는 아무도 안 건드리네.

누리아가 두 번째 드레스를 입고 돌아온다.

침묵.

누리아가 웃는다.

누리아   전체 동의인가요. 페르낭, 여전히 의견 없으시고요?

페르낭   이 옷이 더 침울해 보여요.

누리아   형부는요?

마리아노   내 눈에는… 이렇게 표현해도 될까 모르겠지만, 그런 드레스를 입고 파티에 가는 여자는 슬픔을 마중하러 가는 것 같아. 아니면 슬픔을 바라거나, 아니면 슬픔이 운명이라고 생각하거나.

오렐리아   난, 네가 내 의견을 묻는다면, 둘 다 끔찍해.

필라르   왜 그런 말을 해? 심술궂게.

오렐리아   심술 아니라고요.

필라르   현대적이야, 요즘 유행이지. 얼마든지 입을 만해.

오렐리아   물론 그렇겠죠.

필라르   저 옷들을 네가 좋아하지 않더라도 좀 더 좋은 말로 할 수 있잖니.

오렐리아 엄마, 저한테는 제 의견을 말하는 데 지켜야 할 예
절 같은 건 없어요. 제가 저 흉측한 드레스를 비판
하기만 하면 사람들은 곧장 가련한 오렐리아가 질
투한다고 생각할 테니까요. 가련한 오렐리아도 미
국 스타의 팔짱을 끼고 영화제에 참가하고 싶었을
거라고, 그래서 가련하게도 동생을 질투하고 신경
질을 부린다고 할 테죠. 저 애가 출연한 연극을 보
러 우리가 변두리로 가서, 침묵과 멘델스존으로
구성된 불가리아 연극에 박수갈채를 보내야 하는
데 말이야. 저 애가 제 남편의 새로운 시적 충동을
좋아할 수 없다는 걸 이해해야만 해, 저 애가 이런
드레스의 독창성을 편안하게 보지 못하고, 저변에
깔린 멜랑콜리함을 높이 평가하지 못하는 것도 이
해해야 해, 라고 할 테니까요.

그래서 미안하지만, 누리아, 내 의지와 상관없이
내 의견을 거칠게 내놓는 거야.

페르낭 오렐리아, 나는 당신이 심술을 부린다고 생각하지
않아요. 용기 있다고, 용기 있고 관대하다고 생각

해요. 그리고, 누리아, 당신이 내게 말하라고 권했고, 이제 용기까지 북돋아 주어서 내 생각을 말합니다만, 당신은 그런 옷을 거추장스럽게 걸칠 필요가 없어요. 그 옷들은 당신의 개성을 지워요. 내가 관객으로서, 그리고 팬으로서 말합니다만, 당신은 옷으로 눈에 띄려고 애쓸 필요가 전혀 없어요.

필라르   난 네가 사람들이 널 보러 극장에 가는 걸 좋아하지 않는다고 생각할 수 있다는 게 화나. 몹시 화가 나.

페르낭   정말 그래요, 우리는 당신 보러 가는 걸 좋아한다고요. 당신 덕에 나는 다시 인문학을 만났지요.

누리아   이 드레스들은 흉측해! 언니 말이 맞아! 난 이 드레스들이 싫어, 정말 싫어! 홍보를 담당하는 그 바보 같은 여자의 감언이설에 내가 넘어간 거야. 이젠 어쩌지! 뭘 입지!

필라르   다른 드레스를 찾으렴….

누리아   언제요? 언제 찾아요? 일요일에? 파티는 망쳤어요. 갈 필요조차 없어요!

마리아노   나는 여전히 첫 번째 드레스가….

누리아   당연하지. 고주망태는 창녀들을 좋아하니까!

페르낭   그 파티가 언제죠?

오렐리아   월요일 저녁요.

페르낭   월요일에 드레스를 구할 수는 없어요?

누리아   안 돼요!

페르낭   *(필라르에게)* 왜죠?

누리아   페르낭, 월요일이니까요, 온 스페인 사람들이 보는 앞에 나서야 하는데, 그야말로 마지막 순간에 궁여지책으로 허접한 옷을 골라야 하잖아요. 그러면 나 자신이 허접해진 느낌이 들 테고, 따라서 그날 파티는 보나 마나 망한 겁니다. 페르낭, 온 스페인 사람들이 보는 앞에 나서는 여자가 스스로 자신의 명성에 대해 품는 생각보다 수준이 떨어지면 안 되지요!

그녀는 밖으로 나간다.

필라르   *(페르낭에게)* 당신도 이제 스타의 내밀한 세계에 들어선 겁니다. 그게 어떤 건지 알게 될 거예요.

오렐리아   엄마, 저분은 충분히 어른이어서 스스로 보고 스
스로 판단하실 수 있을 거예요. 가이드의 안내는
필요 없다고요.

페르낭   엄마한테 다정하지 않으시군요. 나랑 상관없는 일
에 끼어드는 것 같지만, 엄마한테 그다지 다정하지
않네요.

오렐리아   제가 다정하지 않은 건 사실이에요.

마리아노   누구에게도 다정하지 않죠.

오렐리아   오 엄마, 울지 마시라고요. 미치겠네!

필라르   안 울어.

오렐리아   그럼 왜 코를 풀어요?

필라르   코를 풀고 싶으니 풀지.

오렐리아   엄마가 왜 우는지 모르겠어. 울 이유가 전혀 없잖
아.

마리아노   엄마는 우시는 게 아니라 코를 푸신다고. 코 풀고
계시는 거 보이잖아. 어머니, 코 푸세요. 봐, 코 푸
시잖아.

오렐리아가 넌덜머리 난다는 표정으로 나간다.

16. 가상 고백

배우*(필라르 배역의)*

연출자는 내가 이럴 때 뭘 하죠, 라고 말하는 걸 싫어해요. 그 사람은 이렇게 말해요. 뭘 하냐, 어디로 가냐, 어떻게 반응해야 하냐, 같은 말 하지 말라고요. 배우는 당신이야, 이 일을 배운 건 당신이지 내가 아니잖아,

그러곤 이렇게 말하죠, 뭐든 해보고, 제안해요. 우리가 받아들이든지 아니면 버리든지 할 테니까. 그러면 나는 더는 질문을 안 던져요. 하지만 가끔은 인생의 굴곡들이 기억나지 않을 때가 있잖아요.

살면서도 그렇잖아요, 어떻게 살아야 할지 항상 알지는 못하잖아요,

어디에 있어야 하며,

눈앞을 똑바로 직시해야 하는지,

아니면 일시적이고 모호한 방식으로 처신해야 하는지 항상 알지는 못하죠.

살면서도 실수할까 미리 경계하지 않고,

일이 닥치도록 가만히 있는 게 쉽지 않잖아요.

17. 스페인 연극

페르낭, 마리아노,
필라르의 집 어딘가. 어쩌면 발코니.
그들은 바람을 쐬며 시가를 피우고 있다.

페르낭 감정의 소용돌이에 휩쓸리지 않는 게 중요합니다. 법적 지위로 볼 때 담장은 두 경우 중 하나일 겁니다. 전적으로 이웃집 여자에게 속하거나, 아니면 두 부동산의 경계에 걸쳐 있는 거죠. 이 문제가 사건을 확실히 해결하게 해주죠. 첫 번째 경우라면 이웃집 여자가 담장 관리를 전적으로 감당해야 하고, 담쟁이덩굴에 자기 담장이 훼손된 걸 입증할 수만 있다면 배상금과 이자까지 요구할 수 있죠. 담장을 공유하는 경우라면, 내 생각엔 그렇지 않은 것 같은데, 왜냐하면 옛날 건축물들에서 공유를 입증하기가 대단히 어렵거든요, 아무튼 공유하는 경우라면 담장의 관리와 장식은 두 소유자가 50 대 50으로 분담하면 되는데, 담쟁이덩굴 문제는 훨씬 복잡해지죠. 일층 거주자의 안뜰 관리에 관해서도 법적인 차원에서 보자면, 우선 안뜰 자체는 어쨌든 공동 시설일 테니까, 일층 거주자의 독점적 사용 영역으로 볼 순 없어요. 문제는 총회에서 공동 시설을 관리하고 장식하는 일을 그자에게 위임했느냐죠. 이 발의가 결의 형식으로 보고서 어딘가에 기록되었나요? 그런 경우라면, 관리조합은 총회의 결정을 실행할 수밖에 없는데, 이런 형태의 위임은 결정적인 성격을 띠는 게 아니라, 총회가 일층 거주자의 작업을 높이 평가하지 않는다면 위임을 철회할 수도 있죠. 그런데, 당신은 이일을 이런 각도로 제시하지 않았지요. 그래서 내가 보기에는 제 동료가 부당하게 비난받는 것 같네요. 이건 내가 수년 전부터 허공에 대고 외쳐대고 있는 문제라 거듭 말합니다만, 관리조합은 총회의 결정을 실행에 옮기면 되고, 그게 아니라 관리조합이 총회에 의견도 묻지 않고 일층 거주자가 관리하도록 허용했거나 방치한 거라면 사실상 관리조합은 직권남용을 한 겁니다.

마리아노 당연히 그렇죠.

페르낭 그렇다면, 해고하시죠, 그 피뇨….

마리아노 페피뇰레입니다.

페르낭 그 페피뇰레라는 사람은 일층에 산다는 명목으로 착각한 거죠 — 아시다시피 일층 거주자가 심리적으로 안뜰을 제 것인 양 여기는 건 아주 흔한 일이죠. 같은 층에 있다는 사실이 그런 정신적 착각의 원인이라는 건 잘 알려져 있어요 — 그 페피뇰레라는 사람이 진달래를 거부한 사실로 보아, 그는 스스로 유일한 주인이라고 생각한 모양입니다. 그래서 자신의 주도권에 우리가 이의를 제기한 데 앙심을 품고, 위엄을 과시하고 나서서 히틀러식 정원을 만들려고 하는 거죠. 그 사람을 해고합시다.

마리아노 해고합시다. *(둘은 조용히 담배를 피운다.)* 언제 혼자가 되셨어요?

페르낭 3년 됐어요.

마리아노 그러면 우리 장모님은? 제 말은….

페르낭 두 달 됐어요. 하지만 건물 때문에 전부터 알긴
했죠.

마리아노 그러면 어떻게… 주제넘은 질문이 아닌가 싶지
만….

페르낭 아뇨, 아닙니다. 어떻게 만났느냐고요? 돌발적인
작은 사건 중 하나가 운명의 차원을 띠게 되었죠.
공동 계단에 깔린 양탄자가 계단 모서리 부분에
서 찢어졌는데, 그곳을 다시 꿰매도 자꾸만 찢어지
더라고요. 건물에서 하이힐을 신고 걷는 유일한 사
람이 필라르였고, 따라서 거기 걸려 넘어질 확률
이 가장 높은 사람이었죠. 필라르가 불러서 나는
파손 상태를 확인하러 갔는데, 내게 커피를 권했
죠. 그러다 우리는 저녁 식사 약속까지 잡게 되었
고요…. 사람들은 내게 당신 나이의 홀아비는 자
식들도 다 컸을 테니 앞날이 창창하잖냐고 말하
곤 했는데, 그럴 때마다 나는 생각했죠. 무슨 앞날
요? 나는 이제 방어해야 할 것도, 건설해야 할 것
도 없어요. 그런데 이 여자가 내 앞에 나타났고, 나

는 이 사람의 집으로 와서 앉았죠. 이 사람은 내게
먹을 걸 만들어주었죠. 피망을 볶아 피페라드²⁾도
만들어주고, 새끼돼지 반 마리를 구워서 감자 퓨
레를 곁들여 내놓기도 하고, 파인애플 롤케이크도
만들어줬지요….

18. 스페인 연극

누리아, 오렐리아.
필라르의 집 어딘가. 어쩌면 부엌.

오렐리아   저 커플이 난 불쾌해. 건전해 보이지 않아. 저 남자
는 엄마의 아들처럼 보여. 저 사람이 이젠 항상 엄
마 편을 들고 나서겠지?
누리아   게다가 자기 의견도 내놓고. 누가 묻기라도 했나!
오렐리아   네가 물었잖아.

---

2) 양파·피망·토마토·고추 등을 넣어 만든 바스크 지방 음식.

누리아   그거야 예의로 말한 거지. 정말로 자기 의견을 내
         놓으리라고는 기대 안 했다고. 저 사람이 감히 나
         한테 자기 의견을 내놓다니, 그것도 자기 의견만
         내놓은 게 아니라, 언니도 봤겠지만, 조언까지 늘
         어놓았잖아. 웃기지 않아? 이 드레스들은 재앙이
         야, 찢어버릴 수 있으면 좋겠지만 너무 비싸서, 전
         에 칸에서 입었던 연보라색 드레스를 다시 입어도
         될까, 모두가 본 거지만, 적어도 그걸 입으면 예쁘
         고, 언니도 날 예쁘게 생각하잖아, 내가 갑자기 정
         신이 돈 것 같지 않아? 갑자기 정신이 돌 수도 있
         다는 것 알아?

오렐리아   넌 아주 예뻐. 반면에 난 끔찍한 사실을 하나 발견
         했어. 내 뺨이 이젠 탄력이라곤 없다는 거야. 롤라
         에게 뽀뽀할 때 보면 걔는 탄탄하고 탄력 있고 탱
         글탱글해. 날 만져봐, 탄력이라곤 찾아볼 수가 없
         지. 끝났어. 흐물흐물해.

누리아   나도 그래!

오렐리아   그래 너도 그렇겠지. 하지만 나보다는 덜 해. 우리
         가 뭘 할 수 있는지 모르겠어. 저 사람은 지루해.

너는 엄마도 그렇다고 하겠지. 엄마가 아양 떠는
게 짜증 나. 희생자 코스프레를 하잖아.

누리아   엄마는 그 남자에게 우리에 관해 모든 걸 얘기해.
밤낮으로 우리 얘기를 한다고. 크리스탈이 임신
했어.

오렐리아   크리스탈이 임신했다고!

누리아   어제 전화로 얘기해줬어.

오렐리아   누구 아인데?

누리아   아니발 아이지! 달리 누구길 바라?

오렐리아   너 모르는구나.

누리아   뭘.

오렐리아   걔 애인 있어.

누리아   크리스탈이!

오렐리아   지금은 끝난 것 같긴 해. 이틀 사귀었대. 가련하게
도 임신했다고?

누리아   좋아하는 것 같던데.

오렐리아   이미 애가 둘이나 있잖아.

누리아   셋이 되는 거지.

오렐리아   엄마도 알아?

누리아　　아니. 왜 이틀 만에 끝났대?

오렐리아　그 남자가 너무 사랑에 빠져 밥도 안 먹고 잠도 못

　　　　　　자서 더는 고통받고 싶지 않다고 했대.

누리아　　이틀 동안 크리스탈을 미친 듯이 사랑했다고….

오렐리아　그런가 봐. 넌? 게리 틸튼은?…

누리아　　말 못 해.

오렐리아　사랑하는 거야?

누리아　　아무 말도 할 수가 없어.

오렐리아　결국, 모두가 즐기는구나, 나만 빼고.

19. 가상 인터뷰

배우(*마리아노 배역의*)

　　　　인터뷰 기사를 하나 읽었는데,

　　　　빌헬름 볼로친스키가 배우들은 예술가가 아니라

　　　　고 하더군요.

　　　　배우들은 유혹의 광기를 품었고, 그 광기는 모든

　　　　형태의 예술과 근본적으로 상반된다는 게 그 이유

였죠.

볼로친스키의 말에 따르면,

유혹의 욕망에 구속된 모든 형태의 예술은

쓰레기통에 던져버려야 할 것으로,

예술이라 불러서도 안 된다는 겁니다. 그렇지 않아도 예술이라는 이름은 거의 돌이킬 수 없이 강탈당한 말이지만 말이죠.

볼로친스키의 말로는 배우의 본성에 내재한 이 유혹의 광기가 배우를 자신의 최대 적수인 관객의 품속으로 내던지는데, 때로는 눈부시게 현혹적인 방식으로 던진다는 거죠,

그것이 너무도 현혹적이어서 그 광기가 작품을 지배하고, 한 세대를 고스란히 잘못된 길로 이끌고, 작품의 본래 색조를 완전히 죽여버릴 수도 있다고 그는 말하더군요. 우리는 관객에 대해 절대로 아무 말도 하지 않으려고 하지만, 볼로친스키는 관객을 정면으로, 게다가 더없이 신랄한 방식으로 들이받아야 한다고 말하는데,

관객은 객석에 들어서면 제 정당성을 주장하기 위

해 연기자를 깎아내릴 뿐이며, 배우를 파트너의
지위로 떨어뜨려서,

마치 예술가라면 누구와도 손을 맞잡을 수 있다
는 듯이, 배우와 관객은 손에 손을 맞잡는데,

예술가는 맞서는 사람이니,

맞서는 이들에 맞서고,

물론 맞서는 관객에게도 맞서야 한다는 거죠,

그래서 나는 펜을 들고 썼어요

볼로친스키 씨,

이 글을 쓰는 배우는 마흔 살이라 예술가로 여겨
지든 말든 관심이 없으며, 당신이 늘어놓는 가치관
과 교훈에 짜증만 나니, 부탁하건대, 하나의 정의
에 우리를 가두지 말아주시오. 그 정의가 당신 눈
에는 멋져 보일지 몰라도, 우리는 존재하기 위해
어떤 말도 필요치 않아요,

우리는 존재하지 않으니,

우리를 그저 이기적인 존재들로

불안정하고,

나약하고,

떠도는 공허 같고

아무것도 아닌 존재로 생각해주기 바랍니다.

감사드리며.

20. 스페인 연극

마리아노, 오렐리아. 그들의 집.

마리아노는 앉은 채 불가리아 연극 시나리오를 들고 있다.

오렐리아는 서 있다.

오렐리아 그이는 피아노에 앉아 있고, 나는 선 채 창밖을 바라봅니다. 내가 움직여도 당신은 움직이지 않죠.

(오렐리아는 뒤를 돌아본다. 마치 객석의 맞은편 창문을 통해 바라보듯이.)

키스 씨, 조금도 감상적일 것 없어요. 연주와 음색에 감상은 끌어들이지 마세요. 이미 F단조이니까요. 브람스의 작품번호 5번인 피아노 소나타 3번과 노이하우스가 마지막 코다를 "열정의 파국"이라고

정의한 쇼팽의 발라드 4번과도 같은 조성이고, 베토벤의 작품번호 57번의 조성이기도 한데, 무엇보다, 기억하시나요, 당신이 다른 무엇보다 좋아한다고 내게 말한 적 있는 바흐의 바이올린과 피아노를 위한 소나타의 조성이죠. 열정은 순수와 절제와 어깨를 나란히 하지요. 그것은 무언가를 이야기하는 게 아니라, 어두운 섬광이고 숙명이죠. 키스 씨, 그건 감정조차 아니에요. 아니면 낭만적인 색조로 축소될 수 없는 최초의 감정이지요. 음악이 아닌 다른 무엇도 만들지 말고 연주하세요. 오직 정확하고 진솔하게. 미안하지만 제 말이 지루하면 절 좀 말려 주세요. 저는 지금 당신이 재능 넘치는 연주자인 것처럼 말하고 있네요. 사실 당신은 제가 만난 최악의 학생인데 말이죠. 당신 웃으시네요. 그래도 계속하겠어요. 시작과 끝이 있다는 인상을 주지 말아요. 소리 높여 외치듯이 서곡 속으로 들어가세요. 이미 있는 것을 내색하지 않기란 불가능할 테니, 당신이 어디로 가는지 잊으세요, 존재하는 어느 곳에도 가지 마시고, 키스 씨,

끝까지 가는 건 아무것도 없어요. 어떤 작품도 끝까지 가지 않아요. 작품들은 질문을 던질 뿐, 가능한 끝이란 건 없어요. 심지어 죽음조차 전혀 끝나지 않지요. 죽음은 하나의 돌발 사건일 뿐이고, 아무것도 끝내지 않고, 아무것도 닫지 않아요. 우리는 절대 끝까지 가지 못해요. 게다가 대체 무엇의 끝이랍니까? (침묵 후에) 내 연기 어떻게 생각해?

마리아노 좋아.

오렐리아 느껴지는 거야?… *(사이.)*

마리아노 뭐가?

오렐리아 …고통? 이 여자가 고통 말고는 달리 부르지 못하는 어떤 것 말이야?

마리아노 그래….

오렐리아 그게 다야?

마리아노 몰라. 당신이 등을 돌린 채, 거기 그렇게 있으니, 뒤에 있는 나는 당신이 안 보여.

오렐리아 학생에게 이렇게 말하진 않잖아. 이건 수업이 아니라, 속내 이야기를 큰소리로 털어놓는 거니까, 말 이면에 다른 말이 숨겨져 있어. 그게 안 느껴지면….

마리아노　다시 해봐.

사이. 그녀는 정면으로 서서 움직이지 않고 다시 연기한다.
끝나자.

마리아노　훌륭해.

오렐리아　훌륭하다니, 마음을 뒤흔들어야 한다고!

마리아노　그래, 마음을 뒤흔들고, 훌륭해. 같은 말이잖아.

오렐리아　아니, 전혀 같지 않아. 전혀 다른 말이라고!

마리아노　오렐리아, 당신 때문에 너무 피곤해. 이 모든 게 너무 피곤하다고. 내가 그 키스라면 벌써 옛날에 도망갔을 거야!

오렐리아　왜 당신은 나를 격려해주지 않는 거야. 왜 한 번도 나를 격려하지 않냐고?

마리아노　왜냐면 난 격려 같은 것 할 줄 모르니까. 격려하는 사람이 못 된다고.

그녀는 곤혹스러운 얼굴로 서 있다.

두 사람 모두 침묵을 지키며 한동안 머문다.

21. 스페인 연극

페르낭과 필라르.
바깥. 두 사람은 걷고 있다.

필라르   딸들이 결혼이며 영성체 같은 건 안중에도 없어
요. 생일도 안중에 없고. 롤라의 생일은 그래도 아
이니까 챙기죠. 크리스탈은 그나마 내 생일에 전화
를 해요. 걔뿐이죠. 다른 애들은 인사 한마디 없
고, 작은 꽃다발조차 안 보내요. 크리스탈이 가장
정상이에요. 다만 걔는 제 아버지가 새 여자와 새
자식들과 같이 살고 있는 도시에서 살아서 좀 그
렇죠. 제 아버지의 새 자식들은 크리스탈의 아이
들과 나이가 같아요. 다른 딸들은 달력에 눈길조
차 던지지 않아서, 크리스마스도 안중에 없고, 모
든 게 안중에 없죠. 페르낭, 당신도 크리스마스에

신경 안 쓰나요? 당신 아이들도 크리스마스에 신경 안 쓰나요?

페르낭 우린 모두 크리스마스를 좋아했어요.

필라르 그랬군요. 나도 그래요. 나는 크리스마스를 좋아해요. 언제나 좋아했죠. 그런데 수년 전부터 크리스마스를 모르고 지내고 있어요.

페르낭 올해는 크리스마스를 챙기게 될 겁니다.

필라르 애들이 어렸을 때는 내가 애들에게 크리스마스를 챙겨줬죠! 애들을 미용실로 데려가서 머리에 리본을 달아 예쁘게 꾸며줬고요. 앨범을 보여줄게요. 겨울이 반이나 지나도록 크리스마스 구유 장식을 그대로 뒀어요. 너무 잘 만들었거든요. 매년 새로운 인물들을 추가해서 이웃들이 그걸 보려고 찾아오곤 했죠. 요즘은 전통을 계승하지 않아요. 아무것도 계승하지 않죠.

페르낭 각자 자기 삶을 사느라.

필라르 내 삶은 이제 당신이에요. 지금 나는 나의 새 삶과 더불어 공원을 걷고 있죠.

페르낭 그래요.

필라르 옛날엔 아이들과 오곤 했어요. 너도밤나무 아래
앉곤 했죠. 당신과 함께 지나가는 나를 나무들이
보는 게 좋아요. 당신 없이 내가 알았던 모든 것,
이 나무들, 이 오솔길들이 내가 당신의 팔짱을 끼
고 지나가는 걸 보고 있어요. 나는 대낮에 당신과
함께 있는 게 정말 좋아요.

22. 가상 대담

배우*(누리아 배역의)*

우리가 연습 후에 들른 카페에서 나는 올모 파네
로에게 말했죠.
올모, 저한테 도도함이 부족하다고 생각하지 않으
세요?
고야 영화제에서 저는 첫 번째 드레스를 입고 도
도해 보이고 싶어요.
예전에 카바레에서 집시나 멕시코 매춘부들을 연
기했던 미국 여배우들처럼,

당신들 스페인 사람들이 몸으로 풍기는 그런 도도
함 말이에요.

저는 도발이 부족하고

저는 외설이 부족하고,

깜짝 놀랄 것도 없이 그저 착하기만 하죠

사람들이 눈 감고 캐스팅하는 성실한 여배우죠.

대답이 없으시네요.

나는 또 올모에게 말했죠. 당신의 침묵은 두 가지
를 의미할 수 있어요.

당신이 프랑스어를 이해하지 못해서,

고개를 끄덕여 숨기려고 하지만, 우리가 하는 말
을 하나도 못 알아듣는 것이든지

(저는 이 해석 쪽으로 기울어져요),

아니면 제 분석에 공감하는 거죠

너무 공감해서 형식적이나마 반박할 힘조차 없는
거죠.

그렇다 해도, 난 덧붙여 말했죠,

여자가 자기 비하를 하는데 아무 반박도 하지 않
는 건,

이상할 정도로 처세술이 부족하다는 걸 드러내죠
얼마 전까지만 해도 우리 여자들이 길을 걸을 때
당신네 나라 남자들은 우리가 발을 안 적시고 도
랑을 건널 수 있도록 망토를 던져줬잖습니까.

23. 스페인 연극

페르낭과 마리아노.

발코니. (17장과 같은 상황.)

마리아노 연극은 싫고요. 고전 문학은 좋아요. 나는 술을 마
시지 않을 때는 자멸해요. 아뇨, 반대예요. 자멸하
지 않으려고 술을 마시죠. 술은 나를 지탱해줍니
다. 술은 내 속의 공허를 메꿔줘요. 고전은 좋아해
요. 이게 정확한 말이죠. 이 문장은 다른 문장으로
교체될 수 없어요. 그렇습니다. 요즘은 고전이 존
재하지 않죠. 수학도 마찬가지예요. 산술, 기초 기
하학은 더는 존재하지 않아요. 아이들은 계산기

를 가지고 있고, 정해진 해법을 배우죠. 생각의 훈련 같은 건 끝났어요. 표현의 정확성, 우아함, 명료성, 이 모든 건 죽었습니다. 열여덟 살까지 나는 수도사가 되고 싶었죠. 아내는 흔히 하는 말로 자기 직업에서 두각을 드러내지 못했지요. 재능은 있는 걸까요? 모르겠어요. 정말이지 아내에게 조금이라도 재능이 있는 건지 모르겠어요. 있을지도 모르죠. 더 늦게 시작한 동생은 바로 성공했죠. 내가 아내라면 그만두었을 겁니다. 그런데 아내는 계속합니다. 악착스레 매달리죠. 내가 뭘 할 수 있겠어요? 아내는 신경쇠약 증세를 보여요. 아파트를 뜯어고치고 싶어 하죠. 여자들은 자꾸 뭘 바꾸려 하는데, 왜 그런지 모르겠어요. 아내는 신경쇠약에 걸린 여자처럼 집에 신경을 씁니다. 내가 부자가 아니고, 보기 흉하게 늙어간다고 비난하고, 소리를 지르죠. 그러면 아이는 귀를 틀어막아요.

페르낭은 아무 말도 하지 않는다.
두 사람은 피우던 시가를 끝낸다.

24. 스페인 연극

필라르, 누리아, 오렐리아.

필라르의 집. (13장, 15장과 같은 상황.)

필라르가 와서 비스킷이 담긴 접시를 내려놓는다.

필라르 크리스탈이 임신했다며!

오렐리아 엄마, 따뜻한 물 좀 더 없어요? 차가 완전히 새카 맣잖아요.

필라르 넌 내가 부엌에 처박혀서 다시 나타나지 않기를 바라면, 말해라.

오렐리아 나야 엄마가 물건을 어디에 두는지 모르잖아요, 왜 그렇게 화를 내세요?

필라르 화내는 거 아냐. 나한테는 아무도 말을 안 해줘서 늘 제일 꼴찌로 소식을 알게 되잖니. 난 이제 새로운 방침을 세웠어. 아무것도 묻지 않을 거고, 아무것도 간섭하지 않을 거라고. 너희 셋 중에 가장 정상인 크리스탈조차 나한테 아무 말을 하지 않았다는 데 놀랐지만, 앞으론 아무것에도 안 놀랄 거야.

누리아 엄마는 우리가 그 사람을 어떻게 생각하는지 궁금하지도 않아요?

필라르 누구를 어떻게 생각한다는 거냐?

오렐리아 페르낭이죠. 엄마 약혼자요.

필라르 아무것도 알고 싶지 않아. 너희들이 무슨 생각을 하건 난 관심 없다. 그렇게 큰 소리로 말하지 마. 그 사람이 옆에 있잖니.

누리아 우린 섹시하다고 생각해요.

오렐리아 네.

필라르 너희들 생각은 관심 없다니까.

누리아 엄마보다 그리 젊어 보이지도 않아요.

오렐리아 그래요.

필라르 난 아무래도 상관없어.

누리아 그분이 머리 모양만 살짝 바꾸면….

오렐리아 조금만 뒤로 넘기면…. 물이나 끓여야겠다.

(그녀는 웃으며 나간다.)

필라르	걔가 임신한 지는 얼마나 된 거야?
누리아	두 달쯤요….
필라르	너는 칸에서 입었던 보라색 드레스를 입거라.
누리아	다시 구할 테니 걱정 마세요.
필라르	같은 드레스를 두 번 입는 것도 나쁘지 않아. 샤론 스톤도 그랬어.
누리아	생각해 볼게요, 엄마.
필라르	그리고 네 머리는 그냥 놔둬. 분명히 개리는 너의 긴 머리를 더 좋아할 거다.
누리아	엄마가 왜 개리라고 해요? 그 사람을 알지도 못하잖아요! 왜 개리라고 하냐고요!
필라르	난 끄떡 없으니. 맘대로 고함지르렴.
누리아	엄마는 개리 틸튼을 모르잖아요! 그런데 왜 개리라고 부르냐고요!
오렐리아	*(뜨거운 물이 담긴 주전자를 가져오며)* 엄마가 개리래?
필라르	그래, 난 개리라고 해. 그게 너희들 마음에 안 들어도 할 수 없어! 개리라고 부르는 게 무슨 범죄라도 돼?
오렐리아	엄마, 차 더 드실래요? 그렇게 피해자처럼 굴지 마

시라고요. 그런 얼굴은 끔찍하다고요.

필라르   네 딸이 페포 집에서 수프에 흙을 넣었을 때 넌 눈물을 쏟을 지경이었잖니.

오렐리아   그게 무슨 상관이에요?

필라르   걔가 세 살 때 너한테 말대꾸하니까 너 눈물을 쏟았지. 두고 봐라!

누리아   그 사람 자식들은 만나봤어요?

필라르   누구 자식 말이냐?

누리아   페르낭의 자식들요!

필라르   아들만. 호감 가더라.

오렐리아   딸은 안 만났어요?

필라르   아직은.

누리아   아들은 뭘 하는데요?

필라르   그게 너랑 무슨 상관이야.

누리아   아 그래요?

필라르   너랑 상관없지. 너희들은 너희 삶에 대해 속닥거리면서 내 삶은 다 털어놓아야 하니? 싫어.

오렐리아   우체부래.

누리아   우체부야?

필라르	마음대로 생각하렴.
오렐리아	엄마, 우습게 왜 그래요. 나한테 말했잖아요.
누리아	우체부라니, 난 좋은데.
필라르	우체부는 절대로 아냐.
누리아	그럼 뭔데요?
필라르	어쨌든 우체부는 아냐.
누리아	아쉽네요.
필라르	그래도 할 수 없지.
오렐리아	진짜 재수없어!
필라르	누구 말이냐? 내 얘기냐?
오렐리아	네, 엄마가 재수없다고요! *(필라르가 오렐리아의 뺨을 때린다.)* 엄마는 완전히 히스테리 환자라고요!
필라르	너보단 아냐.
누리아	이런 꼴 보고 있다가는 내가 죽겠어. 난 갈래! 여기에 일 년에 세 번 오는데, 올 때마다 꼴사나운 드라마가 펼쳐져!
오렐리아	내가 뺨을 맞았는데도 넌 가만히 있는 거야? 꺼져!
누리아	내가 보기엔 두 사람 모두 미쳤어.

마리아노와 페르낭이 온다.

마리아노　무슨 일이에요?

패르낭　필리, 무슨 일이오?

마리아노　*(누리아에게)* 처제는 가는 거야?

필라르　페르낭, 쟤가 나를 막 대해요.

오렐리아　엄마가 내 뺨을 때렸잖아요.

누리아　엄마도 언니를 긁었잖아요. 솔직히 말해요.

필라르　내 딸들이 나를 헐뜯다니.

마리아노　장모님이 왜 당신 뺨을 때렸는데?

오렐리아　그건 알아서 어쩌게? 마흔 살이 넘어서 엄마에게 따귀를 맞은 것만으론 충분하지 않아?

누리아　언니가 엄마한테 재수없다고 했어요.

필라르　진짜 재수없어, 라고 했지.

페르낭　엄마한테 그렇게 말하면 안 되죠. 또래도 아니고. 엄마잖아요.

오렐리아　페르낭, 맞는 말이에요. 그렇지만 저는 엄마 나이를 모르겠어요. 더구나 기를 쓰고 나이 안 들려고 하시기도 하고요.

페르낭 나이가 안 들어 보이시긴 하지. 필리, 당신은 아주 젊어 보여요.

누리아 페르낭, 미안하지만, 우리 앞에서 그런 애정 표현은 보기 민망하네요.

오렐리아 적어도 이분은 엄마 편을 들잖아.

마리아노 옳다구나, 하고 물고 늘어질 당신 남편과는 반대로 말이지. *(누리아에게)* 처제도 제발 남아 있어.

오렐리아 나를 보호해주는 사람은 아무도 없어.

마리아노 왜 당신은 보호받기를 바라는 거야? 보호받는 사람이 어디 있다고? 그런 사람은 존재하지 않아.

페르낭 이 말은 꼭 하고 싶네요. 뭐든 난 억누를 생각이 없어요. 나는 필라르와 함께 살면서 느끼는 그대로 행동하고 싶습니다. 그럴 마음이 들면 젊은 연인처럼 행동하는 것도 마다하지 않을 거고요. 앞으로 살아갈 날이 너무도 짧은데 이런저런 눈치 보고 싶지 않아요.

마리아노 물론이죠!

오렐리아 뭐가 물론인데?

필라르 *(페르낭에게)* 크리스탈이 임신했대요.

마리아노	크리스탈이 임신을요? 애인 아이래요?
필라르	애인이라니? 걔한테 애인이 있어?
오렐리아	*(마리아노에게)* 아주 잘했네!
필라르	크리스탈에게 애인이 있어?
누리아	아니에요.
필라르	마리아노, 사실을 말하게.
마리아노	농담한 거예요.
필라르	쟤가, 아주 잘했네, 라고 했잖아. 그러니 사실이지. 나를 바보로 아나.
오렐리아	크리스탈은 애인이 있었고, 누구 아인지는 몰라요.
필라르	내가 천벌 받는 거야.
누리아	걔가 아니발과 함께 낳은 아이들을 보면 알지.
마리아노	맞아!
오렐리아	걔들은 아주 예뻐.
필라르	아주 예쁘지.
누리아	아이들만 보면 모두 예쁘다고 하는 것도 참 희한한 강박증이야. 못생긴 애들도 있다고.
필라르	크리스탈의 아이들은 예뻐.
누리아	크리스탈의 아이들은 못생겼어요. 뚱뚱하고, 아니

발처럼 코가 납작하잖아요.

마리아노   그리고 그 입냄새도.

누리아가 웃는다.

필라르   마리아노, 무슨 그런 부적절한 말을 하나.

마리아노   부적절하죠. 페르낭, 용서하세요.

필라르   페르낭, 아무 말이 없으시네요.

마리아노   우리 때문에 망연자실하셨겠죠.

필라르   그럴 만하지. 나도 망연자실할 지경이니.

페르낭   난 슬픕니다. 이 모든 게 슬퍼요. 두 분의 동생에게
애인이 있다는 것도 슬프고. 모든 게 그렇게 오래
가지 못한다는 게 슬픕니다. 시간은 하루하루 달
아나고, 우리는 무엇이든 아랑곳하지 않을 수 있
죠. 난 아직 구식인가 봅니다.

오렐리아   페르낭, 당신은 구식이 아니라, 삶이 어딘가로 향
한다고 생각하는, 부러워할 만한 사람입니다. 다만
우리 집에 잘못 발을 들여놓으신 거죠.

마리아노   우리 집이라니, 저 사람은 우리 집이라고 말하는

데, 대체 무슨 우리 집 말이지? 마치 가련한 청년이 줄줄이 이어지는 가족 모임에 잘못 끼어든 것처럼 말하네. 페르낭, 우리는 일 년에 두 번 이런 꼴로 모입니다. 당신을 위해 모인 오늘 같은 모임은 일 년에 두 번도 안 해요. 그러니 절대로 걱정 안 하셔도 됩니다.

필라르   *(페르낭에게)* 내가 이미 말했죠.

페르낭   네, 크리스마스도 안 지낸다는 걸 알지요.

누리아   크리스마스도 안 지내고, 아무것도 안 지내죠. 우리 집에서는 축제 분위기를 만들 줄 몰라요. 형부 말이 맞아요. 우리 집이라는 말을 객관적으로 생각해 보자고요. 우리가 축제라고 부르는 건 금세 파국으로 변하죠. 보셨겠지만, 우리는 대단히 과민한 사람들이에요. 금세 격분하고, 걸핏하면 화를 내죠. 시시껄렁한 장식물 하나, 냉동 케이크 하나에도 화를 내고요. 우리는 어쩌면 일반적인 방식으로는 행복하지 않아서 함께 즐겁게 어울릴 줄을 모르고, 긴장을 풀 줄도 모르고, 그 말 자체도 모르나 봐요. 한 번도 긴장이 풀린 적이 없었으니까요. 가족끼리 함께 있을 때도 우리에게는 휴식이란 게 없어요. 결국 한계에 도달해서 기진맥진하게 되죠. 이를테면 저는 지금 완전히 한계에 도달했어요. 여기 있는 모두가 그래요. 페르낭, 당신도 분명히 한계에 이르렀을 거예요. 좋은 마음으로 우릴 만나러 오셨는데, 우리가 아주 기본적인 체면조차 지킬 줄 모르니 말이에요. 우린 체면조차 지킬 줄 몰라요. 우리는 여기 올 때면 그리 행복하지 않아서 가장 기본적인 체면도 못 지키나 봐요. 신경도 못 쓰죠.

침묵.

누리아는 떠나려고 짐을 챙긴다.

마리아노   처제, 있어 봐, 제발, 좀 더 있어 봐.

오렐리아   당신은 왜 쟤가 남길 바라는 거야? 쟤가 떠나고 싶다면 떠나게 놔두라고.

마리아노   이 술병을 이대로 놔둘 겁니까? 딸까요?

누리아   그러세요.

오렐리아   당신, 오늘 저녁에 채점해야 한다며.

마리아노   그래서? 당신이 운전해. 난 차 안에서 좀 잘 테니.
그러면 도착할 때는 멀쩡할 테니까.

페르낭   어디 사세요?

오렐리아   산타피나요.

페르낭   그쪽 예쁘지요.

마리아노   끔찍해요. 전에는 가난하고 아름다웠죠. 지금은
가난하고 추해요. 요즘 가난한 사람들이 좀 부자
가 되더니.

그는 샴페인 병을 따고는 잔을 채운다.

필라르   난 됐네.

오렐리아   나도 됐어!

누리아, 페르낭, 마리아노는 술을 마신다.
필라르와 오렐리아는 여전히 적개심을 품고 있다.

페르낭   누리아, 그렇게 성공하셨는데도 행복하지 않아요?

(누리아가 웃는다.) 내가 바보 같은 소리를 했나요?

필라르 바보 같은 소리 아니에요.

페르낭 내가 바보 같은 소리를 한 게 맞아요.

누리아 *(웃으며)* 아니에요!…

페르낭 내가 바보 같은 소리를 한 건 분명하지만, 나는 이 세상과 접촉을 끊고 지냅니다. 스타들에 대해서도 모르고요. 내 말은 예술가들 말이에요. 이해하시죠….

오렐리아 페르낭, 변명하실 것 없어요.

페르낭 나 같은 사람들은 성공을 높이 평가합니다. 우리는 그걸 보상으로 여기죠. 나이가 들고 경험이 늘면서 결국 갑옷을 입게 되어도 절대로 게임에서 지고 싶지 않지요. 누리아, 비교하려는 건 아니지만, 재단사는 자기 가위 얘기를 하는 법이니, 20년 동안 내가 관리해온 50여 개의 건물을 예로 들어봅시다. 나는 그중 세 채를 놓칠 수밖에 없었는데, 세월이 흐르면 기력이 쇠퇴해지기 마련인 걸 생각할 때 그건 아무것도 아니죠. 매번 다시 임용될 때마다 감히 말하지만, 나는 유임되는 것이 행복했

습니다. 그 반대는 상상할 수도 없었죠. 경제적 차
원에서만 하는 말이 아니라, 당신네 경우처럼 개인
적인 차원에서도 그랬지요. 모든 차원을 고려해볼
때, 당신의 성공과 우리의 성공을 비교하려는 주제
넘은 생각은 없습니다만, 나는 고객의 지지를 받
는 게 언제나 행복했습니다. 선출직 조합 관리자의
임기가 스페인의 모든 선출직 임기 중에서 가장
짧다는 걸 아시는지요, 조합 관리자의 임기와 급
료는 매년 재검토됩니다. 재임용되지 못하면 고객
도, 돈도, 사장의 신임도, 체면도 잃지요. 아시겠지
만, 지갑을 여는 것보다 사람들이 더 싫어하는 게
없죠. 일상적인 일에서도 이미 그러한데 조합 관
리자에게 봉급을 주는 건 더더욱 싫어하지요. 우
리 직업에서 경쟁은 치열합니다. 사람들은 용역의
질을 포기하더라도 조합 관리자에게 돈을 적게 주
고 싶어 하죠. 품질과 가격의 상관관계를 인정받기
란 쉬운 일이 아니죠. 재임용된다는 건 모든 장애
물을 뛰어넘었다는 뜻입니다. 무기력까지도 말이
지요. 마리아노, 나는 개인적으로 고객의 무기력까

지 장애물로 간주합니다. 왜냐하면 무기력이 우리에게 등을 돌릴 수 있기 때문이죠. 기권표로 쓸려나가는 정치인들을 보세요. 재임용된다는 건 모든 역경을 이기고 신임을 지켰다는 의미죠. 결국 우연은 없어요. 당신은 한 방향으로 당신의 삶을 투자하고, 사람들은 그 방향이 옳다고 말하고, 당신이 사람들 사이에서 차지하려고 선택한 자리가 적절하다고 말하죠. 미안합니다만, 내가 비교하려는 건 아니지만, 거기엔 성공과 위안이 동시에 있죠, 성공과 위안이 뒤섞여 있어요. 모두가 부러워할 만큼 당신이 인정받으면, 세상은 당신에게 덜 적대적으로 되지요. 내 말이 바보 같을지 모르지만, 대단한 것이 아닐지라도, 작은 승리에 행복해하는 게 잘못된 것일 수는 없어요. 비교하려는 건 아니지만, 어쨌든 그런 승리도 무명과 무용에 대한 승리이고, 우리를 죽음으로 내던지는 흘러가는 시간에 대한 승리니까요. 필리, 이런 주제넘은 소리를 한 나를 나무라실 건가요?

필라르   내가 너희들한테 나쁜 엄마였니?

오렐리아	아, 또 시작이야. 다시 재발해, 마리아노, 또 시작돼!
마리아노	숨을 네 번으로 나눠 쉬어봐.
필라르	왜 저러니?
오렐리아	몸이 녹아내려요.
누리아	몸이 녹아내려.
마리아노	알약처럼 녹는대요.
필라르	그게 무슨 말이야?
오렐리아	바닥이 꺼지고 쓰러질 것 같아요. 나 쓰러져요!
마리아노	숨 쉬어, 숨 쉬라고!
오렐리아	바닥이 꺼져.
마리아노	아냐!
오렐리아	몸이 녹고 있어!
누리아	안 녹아!
오렐리아	날 좀 잡아봐!
필라르	쟤가 왜 저러니? 뭐야?
누리아	공황 발작이잖아요, 엄마!
필라르	공황 발작이라니, 왜?
누리아	그게 왜 중요해요!
오렐리아	내 인생은 도드라지는 게 하나도 없어. 전혀 도드

라지지 않아. 시간은 공허하고….

마리아노   숨 쉬어.

오렐리아   가련한 사람아, 당신을 좀 봐. 시체 같은 얼굴을 하고 있잖아. 당신은 평화를 원하지. 사람들이 당신을 평화롭게 놔두기를 바라지. 당신은 그저 꼼짝하지 않고 싶어 하지. 우리 아파트는 열 배나 비싸게 주고 샀어. 난 그 집이 싫어. 바닥이 꺼지고 있어!…

누리아   내가 잡고 있어.

오렐리아   모든 게 추해. 콘센트들도 비뚤어졌고, 조명, 페인트칠, 마룻바닥, 모든 게 추해! 우리는 하는 일마다 엉망이야. 우리가 하는 일은 모두 실패고 아무 짝에도 소용없고, 시간은 흘러가는데, 흔히들 짐짓 태를 부리며 운명이라도 말하듯 시간이 흘러간다고 말하려는 게 아니라, 낙엽이 공중에 휘날리는 게 보여, 세상이 이런 씁쓸함에 굴복하고 있다고, 가을이야! 그리고 겨울이고! 그리고 봄이지! 시간이 나를 허공에 날리고, 나를 파괴하고 있어. 시간이 나를 파괴해. 너무 늦었어. 난 삶에서 아무것도 이루지 못할 거야.

페르낭 당신은 아직 젊어요!

오렐리아 아뇨, 아뇨, 아니에요. 내가 젊다고 말하게 둘 순
없어요!

필라르 안 젊으면 뭐냐? 넌 뭐냐고? 바보 같은 소리 듣자
니 지긋지긋해. 내가 미치는 꼴을 봐야겠니!

페르낭 필리, 필리.

필라르 쟤들이 늘 균형을 잘 유지하고 있던 나를 미치게
하고 말 거라고요.

누리아 *(페르낭에게)* 엄마한테 모든 걸 자기중심적으로 생
각하지 말아 달라고 말 좀 해주세요.

오렐리아 공황발작을 앓는 건 난데 엄마가 미치겠다고요!

필라르 오, 페르낭! 오늘은 최악의 오후네요. 일이 이렇게
되어 정말 실망했어요.

마리아노 *(오렐리아의 가방을 뒤지며)* 이분은 좋아하시는걸
요. 지독한 권태에서 벗어나게 되니까요. 페르낭,
당신은 지금 극장에 계신 겁니다. 연극 좋아하시
잖아요. 발륨[3]이 어디 있지?

필라르 너, 발륨 먹니?

오렐리아   실컷 먹고 있죠.

그녀는 자기 가방 속에서 발륨 통을 찾아낸다.

마리아노   아주 멋진 커플이죠. 한쪽은 술꾼이고, 또 한쪽은
          약물 중독자니.

누리아   형부는 가끔 빈정거리는 것 좀 그만둘 수 없어요?
          맨날 그렇게 자조하는 소릴 듣는 게 얼마나 짜증
          나는데요. 나도 한 알 주세요.

그녀는 샴페인으로 알약을 삼킨다.

오렐리아   지나갔어. 아직 흔들거리긴 하지만 몸이 녹아내리
          진 않아. 케이크 한 조각 좀 잘라줘.

마리아노   저 맛없는 케이크를?

오렐리아   뭐라도 먹어야 해. 뭐든 삼켜야 한다고. 저런, 엄마
          가 훌쩍거리네.

---

3) 신경안정제.

페르낭   그만 좀 해요! 나도 폭발할지 몰라요!

오렐리아   체면 차리지 말고, 그러세요. 폭발하세요.

누리아   엄마 울지 마세요. 제발 나약해지지 마시라고요!

페르낭   엄마는 나약해서가 아니라 당신들이 울리니까 우는 겁니다. 내 의견을 듣고 싶다면, 엄마는 대단히 적법하게 우는 거예요. 파리 한 마리 죽이지 못할 사람에게 그렇게 상처를 주며 즐거워하는 걸 도무지 이해할 수가 없네요.

누리아   파리 한 마리 죽이지 못할 사람보다 더 최악은 없어요. 방어할 길 없는 존재들에게 연민을 느끼는 사람들이 오히려 당신에게 큰 해를 끼칠 수 있다고요.

페르낭   저 사람이 무슨 잘못을 했다는 겁니까?

필라르   그래, 내가 너희들한테 무슨 잘못을 했는데?

누리아의 휴대폰이 가방 속에서 울린다.

누리아   *(멀리 떨어져서 낮은 소리로 말한다).* I'm coming, I'm leaving right now…. I'll tell you… No… O.K. *(잠*

시 침묵 후에 그녀는 다시 짐을 챙긴다. 필라르에게) 난
우리가 이 문제를 해결할 수 있으리라고 생각하지
않아요….

25. 가상 인터뷰

배우*(누리아 배역의)*

마지막에 쏘냐 알렉산드로브나는 자기를 쳐다보
지도 않는 남자에게 말하죠.

우리 언제 다시 볼까요?

남자가 대답하죠. 여름 전에는 안 될 것 같아요.

아마, 겨울에도 거의 불가능할 테고….

내가 상상하기로, 남자는 숲 건너편에 살아요.

겨울에,

이맘때는

추위와 눈, 그리고 칠흑 같은 어둠이 있죠.

그러니

그녀는 생각하죠,

편도나무 가지에 핀 꽃들을 혼자서 볼 거야.

그리고 꽃들이 휘날려 바닥을 하얗게 뒤덮는 걸 혼자서 볼 거야.

한 남자가 무대를 떠나 길고 광막한 시간 속으로 떠나죠.

그리고 남아 있는 사람은

길고 광막한 시간 속에 남지요.

연극 수업을 받을 때 선생들은 우리에게 말했죠.

넌 사과야, 넌 바람이야, 넌 웃음이야.

오래전 일이었죠.

나는 의문을 품지 않았어요,

난 의자가 되었고, 물이, 모기가 되었죠,

붉은색이, 노란색이 되었고,

가까운 것이 되고,

먼 것이 되었죠,

당신이 존재한다고도

당신이 존재하지 않는다고도 연기할 수 있었죠.

난 더는 아무것도 사랑하지 않을 수 있었기에, 세상의 불모도 연기할 수 있었어요….

체호프가 올가 크니페르에게 보낸 편지에 이런 문장이 들어 있죠. 당신은 지독히도 차갑군요. 사실 여배우라면 그래야 하죠.

26. 스페인 연극

바깥. 공원.
필라르와 페르낭이 벤치에 앉아 있다.

필라르   빵집에 줄 서 있다가 페타 나니니를 만났어요. 나한테 축하한다고 하더군요. 빵집 여자도 축하를 해주고요. 튀야네 세탁소로 세탁물을 찾으러 갔더니 모두가 내게 축하한다고 했지요. 튀야는 내게 말했죠. 누리아가 상을 받을 줄 난 알았어. 그 여자가 뭘 알 수 있겠어요? 영화에 대해 뭘 알까요? 사람들은 사건에 달려들죠. 난 말했어요. 튀야, 당신은 운이 좋네요. 우리는 아무것도 몰랐는데 말이죠. 그 애가 개리 틸튼이랑 사귀냐고 모두가 내게 물었죠. 난 말할 권리가 없다고 대답했고요. 그래야 더 아는 것처럼 보이니까요. 왜 이런 일은 비밀로 남아야 할까요? 난 행복해야 마땅한데, 행복하지 않아요. 크리스탈은 누리아가 칸에서 입었던 드레스를 다시 입지 말았어야 했다고, 화장을 너무 과하게 했다고 생각했죠. 그런 말을 한 사람이 크리스탈이다 보니 아무 의미 없는 말이 되고 말았어요. 걔한테 애인이 있다면 정리를 좀 하면 좋겠고, 나한테 임신 사실을 알려주면 좋겠어요. 내가 그걸 안다는 걸 그 애한테 말하지 못했는데, 하마터면 누구 애냐고 물을 뻔했죠. 오렐리아한테서는 아무 소식이 없어요. 내 인생의 대부분을 그 애들한테 바쳤는데, 이제 나는 그 애들에게 아무것도 아닌 존재가 되어 있네요. 정말이지 아무것도 아니죠. 당신은 내가 아직 아름답다고 생각해요? 당신이 이미 그렇게 말한 걸 알지만 다시 그 말을 해줘야만 해요. 그게 더는 진실이 아니라는 걸 내가 알기에 다시 말해줘야만 해요.

페르낭   당신은 아름다워요.

필라르   딸들 옆에 있으면 난 쭈글쭈글한 사과 같지 않나
          요?

페르낭   당신이 당신 딸들보다 더 매력 있어요.

필라르   당신, 과장하는군요.

페르낭   당신이 당신 딸들보다 더 상큼해요.

필라르   더 상큼하다고요?… 다행이네요. 난 언제나 건강
          한 삶을 살아왔죠. 날씨는 화창한데 공원은 슬프
          네요. 난 겨울을 좋아하지 않아요. 멋진 날들이 아
          직 나를 기다린다고 생각하세요?

페르낭   멋진 날은 우리한테 달렸어요.

필라르   너무 늦진 않았을까요?

페르낭   필리, 오늘 당신에게 필요한 건 풀도 아니고, 나무
          도 아니고, 수풀도 아니에요. 기막힌 생각이 떠올
          랐어요. 벨라스케스 거리로 가서 여우 목도리가
          달리고, 뒤집어 입을 수도 있는 망토를 삽시다.

필라르   너무 오스트리아풍일 텐데요.

페르낭   그러면 어때요?

필라르   너무 오스트리아풍 같다고 생각하지 않아요?

페르낭   당신만 좋아한다면야.

필라르   난 좋아해요. 그렇지만 차마 못 입을 거예요.

페르낭   그러면 다른 걸 사요. 당신 마음에 드는 것으로.
난 돈을 쓰고 싶어요. 저 참새들이 좀 지겨워졌어
요. 우리에겐 소음과 자동차와 쇼윈도가 필요해요.

필라르   난 발이 아파요.

페르낭   그럼 신발을 삽시다.

필라르   굽 없는 신발요?

페르낭   굽 없는 신발을 사요. 자갈길을 걸으려면 그게 나
아요.

필라르   내가 당신을 뒤로 잡아당겨야겠어요. 내 사랑, 내
가 당신을 막아야겠어요.

페르낭   어떤 여자도 날 가로막지 못해요.

필라르   당신은 이렇게 젊은데. 당신은 이렇게 열정적인데요.

페르낭   우리 둘 다 젊고 열정적이지요. 그러니 멋지게 삽
시다. 나랑 결혼해주겠어요?

필라르   페르낭, 지금 뭐라고 했어요? 다시 말해봐요. 다시
말해봐요. 내가 제대로 들은 건지 믿을 수가 없어
요….

27. 모놀로그

배우(*마리아노 배역의*)

오렐리아,

가끔은 우리 사이가 어떻게 끝날까 생각해봐,

우리 사이에 할 말은 점점 줄어들고,

어떤 때는 우리가 인생 막바지에 다다른 낯선 두 이방인 같지 않아?

나랑 같이 가서 내 안경을 좀 골라줘,

제발,

난 텔레비전에서 보는 유령 같은 사람들처럼 되고 싶지 않아,

새카만 머리카락에 광기 어린 눈을 한 사람들 말야,

필라르가 건물 관리인과 결혼한대,

두 사람은 보금자리를 차리고,

구석에서 얄궂은 짓도 저지르고,

문을 사이에 두고 입도 맞추겠지,

내가 비참한 늙은이가 되었을 때,

당신이 축제일에 나를 에스트레마두라 마을로 춤

추러 데려가면,

난 야외음악당 위에서 뛰어내릴 거야,

말년에 파닥거려 본들 무슨 의미고,

젊은 애들처럼 놀아봐야 무슨 소용이야.

난 술을 너무 많이 마셔.

너무.

무슨 책에서 읽었는데 인간의 뇌에는 혼란과 무질

서가 필요하대,

명료함에서는 좋은 게 하나도 안 나온대.

세르지오 모라티가 자기 옆방을 예약해줬어.

요양병원에 말이야.

자기 아내가 배신한 걸 알았을 때 그 친구는 보드

카를 한 병 들고 내려가서 길거리에 무릎을 꿇었

고 지나가는 차들이 자기를 치고 지나가길 바랐지.

내가 마지막으로 보았을 때, 그 친구는 고속도로

에서 180킬로로 달리고 있었는데 토끼 한 마리가

자기를 추월하더라고 말했지.

정말이야, 산토끼였어, 라고 말했어.

날 혼자 버려두지 말고 나랑 같이 내 안경을 사

러 가.

아직은 학생들 앞에서 괜찮아 보이고 싶어, 솔직히
말하자면, 무엇보다 그 어린 창녀 악산차 멘데스
앞에서 그래 보이고 싶단 말이야,

오렐리아, 날 좀 도와줘,

당신 남편 좀 다시 일으켜줘,

쉰 살치고는 아직 그래도 그리 나쁘지 않잖아.

올모, 당신은 당신 인물들을 죽이는 편이 차라리
나을 거요.

그 인물들이 분해되기 전에,

실제 인물들만큼 비참하게 끝나기 전에

저마다 한쪽 구석에서

바보 같은 꿈을 품은 채

서서히 죽어가기 전에,

쓰레기처럼

길가에 버려진 채

바보 같은 꿈을 품고

그러다 더는 아무런 꿈도 꾸지 않게 되기 전에.

당신이 살리거나 죽일 권리를 행사하지 않으면 당

신은 오랫동안 존경받지 못할 거요,

동정했다가는 모든 걸 잃을 테니

올모 씨, 당신은 조만간 더 단호해져야 할 거요.

28. 스페인 연극

오렐리아.

오렐리아 화요일마다 나는 당신 집으로 가기 위해 강을 건
넜죠

갈 때도 돌아올 때도 강을 건넜죠,

돌아올 때는 종종 몸을 숙여 바라보곤 했어요. 강
물을,

울적한 쓰레기 잔해를,

저녁 불빛에 반짝이는 물결을,

저녁에는 마음을 씻어주는 어떤 빛이 있어요,

어떤 식인지는 모르지만, 어떤 원소들이 와서 도
움을 주죠.

나는 아무런 희망도 품지 않고 당신에게로 나섰죠,
그렇지만 뭔가를 기다리긴 했어요. 우리가 삶에서
무언가를 기다리듯이,
밖으로 한 발짝만 내디디면
누구나 삶에서 무언가를 기다리죠, 이름 붙일 수
도 없고 알지도 못하는 무언가를,
어떤 형태가 되었건 고독의 경감을,
열악할지언정 어떤 자리를,
자신에게만 주어질 어떤 특권을.
이것이 우리의 마지막 만남이니, 제가 당신에게 이
서곡을 연주해도 될까요?
키스 씨, 나의 모든 걸 걸어서
당신에게 설명했듯이 연주할게요
말도 없고
이미지도 없이
당신은 일어나서
돌아서서 나를 바라보겠지요
당신은 내게서 보게 될 거예요. 나의 태도, 의자 위
에 얌전히 놓여 있는 나의 외투, 나의 악보 가방이

드러내는 건 체념이 아니라는 걸,

당신은 보게 될 거예요

무자비한 슬픔을

그리고 기쁨의 실마리를,

일어나세요

겁내지 말아요

난 정말로 사랑받고 싶은 게 아니니까요.

뷔르츠 양은 자리에 앉아서 멘델스존의 5번 서곡을 연주
한다.

스페인 연극

첫판 1쇄 펴낸날 2024년 10월 18일

지은이 | 야스미나 레자
옮긴이 | 백선희
펴낸이 | 박남주

펴낸곳 | (주)뮤진트리
출판등록 | 2007년 11월 28일 제2015-000059호
주소 | 서울시 마포구 토정로 135 (상수동) M빌딩
전화 | (02)2676-7117 팩스 | (02)2676-5261
전자우편 | geist6@hanmail.net
홈페이지 | www.mujintree.com

ISBN 979-11-6111-134-6 03860

* 책값은 뒤표지에 있습니다.